U0898410

玩物养志

蔡澜作品

CAILAN ZUOPIN

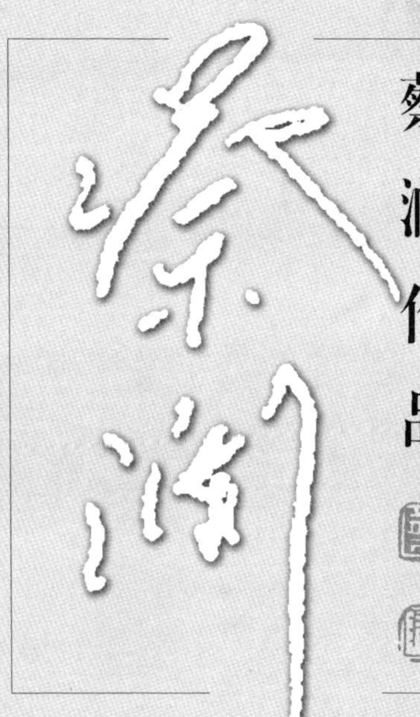

广东旅游出版社

图书在版编目（CIP）数据

玩物养志/蔡澜著．—2版．—广州：广东旅游出版社，2008.10（2008.10重印）

（蔡澜作品）

ISBN 978-7-80653-172-3

Ⅰ．玩…　Ⅱ．蔡…　Ⅲ．①游记—作品集—中国—当代②小品文—作品集—中国—当代　Ⅳ．I267

中国版本图书馆CIP数据核字（2008）第147809号

广东旅游出版社出版发行

（广州市中山一路30号之一　　邮编：510600）

广东新华印刷有限公司印刷

（广东省佛山市南海区盐步河东中心路）

广东旅游出版社图书网

www.tourpress.cn

邮购地址：广州市中山一路30号之一

联系电话：020-87347994　邮编：510600

850毫米×1168毫米　32开　7.5印张　75千字

2008年第2版第1次印刷

定价：［全套8册］144.00元

［每册］18.00

目　录

玩物养志

半日闲园

随　想

人　物

物

倪　匡

玩物养志

外国人

我们的旅游车每天都载着一群外国人。

这些奇怪的动物开起口来可真刺耳,不管他们讲些什么，总之是青青陈陈张张周周叩叩头头。难听还不要紧，声音大得吵死人。

到每一个名胜，我把我们的文化和历史告诉他们，但是他们好像不太在乎，只顾拍照，相机按个不停，他们住的地方冲印底片大概是很便宜。

我还没有介绍完毕，他们便赶着跳进巴士，很不耐烦地想在一天之内走遍我们的整个国家。

不知道他们来这里有什么目的，带他们去购物，他们一比较价钱就嫌贵，又好像怕我们的回佣取得太多，土产也不肯买。但是，一去超级市场便大包小包的，尽是一些食物。或者，他们的国家很穷吧，不然怎么会对吃的东西那么看重?

在餐厅停下，他们一直在骂侍者的服务太慢。那么急，不如请他们去吃快餐店。我们上馆子是一种享受，对他们来讲好像活受罪。见到桌上的牙签，一人抓一把装在口袋里，真是贪心。

最奇怪的是，他们一直当我们是外国人，从来不感到黑头发和单眼皮的脸儿是那么滑稽。唉，外国人。

客家人

客家人是一族浪漫的人，他们飘游到各地，像吉卜赛一样。

昔日，土佬都不欢迎陌生人，客家人做客之后还要留下生根，当然受排挤，这培养成他们的语言天才，客家人学别种方言从来没有腔，而且一下就上口。

环境让他们有了保护色，客家人很少承认自己是客家人，除非他们对人生很有自信。

大多数客家人来自梅县或大埔，所以我们常问：梅县客？大埔客？

给人家的印象中，客家人很喜欢吃狗肉，尤其是在南洋一带的，烹狗是他们人生最大的乐趣，这或许是最初到处流浪时，没东西吃，杀一条来充饥的缘故吧。

其实客家人对吃是很有文化的，盐焗和红糟，别的地方做的不够他们好。红米酿的酒，色香味佳。

小时候认识一个客家女孩子，她常自怨：“我们客家人，人家不当我们是客，我们也没家。”

“有亲人和朋友的地方，就是你的家。”我安慰。

她拍拍我的头，教我唱山歌：“妹妹我爱你。”

她比我大，我照叫妹妹。

印度人

小时见到的印度人，多数是职位低微的苦力和守门人等。印象中，他们很刻苦耐劳。有一个搬到附近来住，只带着简单的背囊。

第二天，他用木头钉了个架子，买一大束麻绳，开始捆绑成一张床，坐下去虽然粗糙不堪，但富有弹性，很透风，挺舒服的。

早上，他削了一枝树枝，把一头用石块打碎，就当牙刷擦齿，干干净净，笑起来惹人喜欢。

这人起初养不起老婆，他当货车司机的薪金只够两餐，后来不知道在那里结织了个寡妇，就同居起来，不到十个月，生了个胖胖的，但黑黑的婴儿。

做母亲的抱着她，伸出小指在锅底下一刮，然后把炭油画在婴儿的眸下，更显得她的眼睛巨大，邻居们的妇女们爱死她了。

小女孩长大得快，发育也早，十岁左右就嫁了人。一想到她二十岁就要当祖母，不禁为她惋惜。

记得最清楚的一件事，是我参加她的婚礼时，她父亲问我："你觉得我们印度人很怪是不是？"

我点头。

他微笑地说："我觉得你们华人，也很怪。"

卖饼者

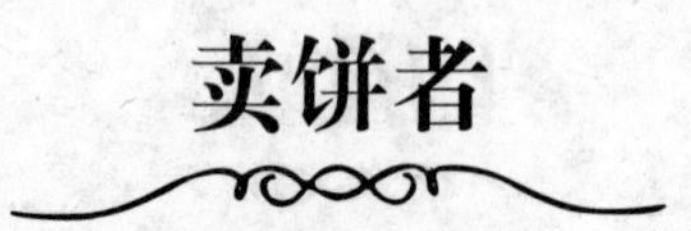

从前，有个人以卖饼为生，以吹笛为乐。

他赚到可得一餐的钱之后，就马上回家，躺在榻上，拿笛子来吹，美丽的音乐，传遍乡中。

一过几年。他的邻近住了一个富商，知道卖饼的做人老实，可托钱财，他要出门的时候就向卖饼的说："你卖饼很辛苦，为什么不转行干其他的事？"

"我卖饼甚乐，转行来干什么？"

富商说："虽然你说不错，但是一个钱也不剩，不幸生了病怎么办？"

"你又有何高见呢？"卖饼的问。

富商回答："我有一千串钱交给你，要是你能代我保管，那么你一旦有何病痛，我一定会照顾你。这不是比卖饼好得多吗？"

卖饼的死都不肯，但奈何富商再三要求，到最后只有答应。

富商走后，乡子里从此静寂。

邻居们跑去看卖饼的，只见他每天把铜板一个算了再一个，忙得要死。

最后乡子里的人都劝他别干了。这个人又回去卖饼，隔天，大家又能欣赏到他美妙的笛声。

不要脸的女人

名人中爱音乐的不少。

称赞爱因斯坦的相对论伟大，他并不太高兴，因为他的小提琴拉得更好，反而没人注意。

泰国现任国王的箫也吹得很有水准，不过他很少公开表演，专心为人民，为佛教做多一点事。

不要脸的是马科斯的老婆伊美尔达，一有机会就唱歌，难听死了。

人家指责她挥霍，鞋子一买就三千，她厚着脸皮，眼也不眨地说："鞋子大多数是菲律宾自制，为了要把国货推销到外国去，所以要多穿几对给外宾看看。"

当权时，她身旁总围着一群部长太太和奸商的夫人，组成"蓝女士"，大家合作抢刮民膏，任何生意都要送给伊美尔达的一份。伊美尔达曾公开大言不惭地告诉外国客人："贪污，是我们的生活方式，这个社会，没有贪污就没有进步。"

这个女人的品味极低，她叫人为她和马科斯画画，请的却是下等艺术家，倒台后这些画被没收。拍卖时没人要买，大家都说是视觉污染。

前几天在丈夫的生日会上她又大唱特唱。唱吧，唱吧，那个末途的独裁者没有多少年可活，下次伊美尔达唱歌，可能在马科斯的丧礼。

光头神医

秃头多数是与遗传有关，我父亲到现在还是满头黑发，所以我一点也不担心。

遇到秃头的朋友，真惨，他们把剩下的那几根毛左遮右盖，结果还是露了个光蛋。

种发手术生发水等等的治疗，听说都是假的，前些时候《六十分钟时事》还揭穿过澳洲的镭射生发骗局，但是只要有人敢登广告，就有人去尝试，你看男人多爱美!

在欧洲认识个人，他曾经被制药厂请去当试验，做长发的实验，为期一年。每天亦搽药厂的生发油，最后头发还是照样地掉。他告诉我从药厂拿的薪金并不算多，但工作轻松，最烦的是，每隔一星期去医院报到一次，每次有个人将他的头上分一方寸，然后数数他在这方寸中的头发有多少根，一算就是好几个小时。

头顶光秃，只剩下围绕着后脑的一圈短发的，我们叫做“地中海”。英文有个特别的名称，叫做HIPPOCRATIC WREATH”(希波克拉底的花圈)。

希波克拉底是希腊著名的医学家，和柏拉图同一时代，每个新开业的医生都要宣誓的HIPPOCRATIC OATH就是希波克拉底所订立的。

最伟大的神医也没有办法将自己治好，谁去相信一〇一?

爱桥的人

德国朋友汉斯最喜欢汽车，你和他一谈，他便滔滔不绝地将世界各国的古今汽车讲给你听，没有一辆他不认识的。日本同学柴田却独钟火车，尤其是蒸气引擎的，什么地方有，他就要到那里去乘一次才过瘾。瑞士旧交奥狄最爱的是桥梁。

奥狄说："你知道我一生最伤心的事是什么？美国人把伦敦大桥买下，运到亚里桑娜沙漠那种没有文化的乡下去，当成观光胜迹。实在混账！"

"美国人有时候也给人家气死。"他得意地："梵兰沙诺的吊桥比旧金山的那一桥大了十八英尺。三藩市人认为这是最没有面子的一件事。"

"不过，纽约的布鲁克林大桥却是超时代的杰作，世界上没有一条桥比它更漂亮，更伟大。到底，批评美国人没有文化是不对的。啊，布鲁克林大桥！"奥狄一面说一面向往，好像在描述过去的爱人。

"桥梁与道路一样，对于交通都不能缺少，要建一条桥的工程很大，花多少财力物力人力才可以建好！那为什么不要在设计的时候，把艺术也加进去呢？只要再多一点努力，普通的东西便能化为不朽的艺术品，看起来是那么的悦目！那么地惹人喜欢！天天经过，一边运用，一边欣赏，那才是人生的乐趣。"奥狄喋喋不休。

到泰国看外景，跑到山加拉布里去，在泰北的缅甸边界，有一条木桥，我们一看，便知道它是世界上最美丽和最长的一条木桥，真是一个摄影家的梦幻成真。

听当地人说，它是六七年前建的，怎么可能在这个时代还有这么速成的东西?

它完全像一部电影的布景，永远没有考虑到长远的用途。

我把这座桥的事告诉了奥狄之后，他马上坐飞机赶到曼谷，乘六个小时车到东区，再坐三四个钟头的船，才达到目的地。

但是奥狄一看，什么东西都看不到，原来在上次河水大泛滥，这条桥已被冲得无影无踪，奥狄说对这件事，比失去伦敦桥更伤心。

当眼泪流过的时候

问我最喜欢的外国歌星是谁,我会毫不犹豫地回答是玛丽安·费芙(MARIANNE FAITHFULL)。

她在六十年代成名,现在许多人都不知道她是谁,但可能还听过她唱的:《当眼泪流过的时候(AS TEARS GO BY)》。

费芙的声音像银铃,有如出自王子、公主、天使、小精灵的童话世界。她的长相也是童话人物一般的美,似乎在现实并不存在。

是的,费芙并不适宜生活在当今,她由一个公主变成个酒徒、吸毒者。她一生充满悲剧,先替滚石的积哥怀了个私生子,后来又流产。嫁了青梅竹马的男人,但又离婚,后来与她在戒毒所认识的一个男子在一起,他又因为再患毒瘾而自杀。费芙跌伤了下巴,在左颊开了几次刀才医好,现在伤痕累累。

今天,她四十岁了。

银铃般的声音,已因吸太多烟而沙哑,但是她已由童话的梦中醒觉,好好做一个脚踏实地的人,她重新再灌唱片,我是多么渴望再听到她的声音,我不会介意她唱成什么一个样子,我愿意依偎在唱机旁边,听完一遍又一遍。

购物狂

曾志伟这个人一走进服装店，打死他也不走出来。起初我很不习惯他的购物狂；但是，一想，自己走进书店，何尝不是一样？

我们一起去过很多国家，正事办完，他便开始买衣服，一件又一件，大包小包的买个没完没了。

他记忆力极强，而且很有方向感，认得大街小巷的店里，因为他在看外景经过时便强记下来。

在分秒必争的外国旅行，他宁愿牺牲吃饭的时间，也要买个痛快。虽然只有一个小时，他回来时双手已提满纸袋，身后还跟着一个女人回到旅馆向他要钱。

志伟从行李中拿出一张张的钞票数给她，大堂里的服务员摇摇头，心中说："这个东方人实在好色！"

其实是志伟买了东西不够钱，要店员来收账。不过，不管他如何解释，旁观的人都不相信。

还有一次到一间百货公司的时装部，那个售货员的口才奇好，使志伟买几件衣服。当时我们两人都忘记带现款，只好用信用卡，女服务员拿了卡去押印的时候，那售货的再从贮藏室选中一些新货，志伟当然又买了，卡又签多一次。

售货员，有本领在助手离开的时候再推荐一些新产品，志伟也照买不误。到最后我数过，助手来来去去二十次，志伟也签了十张单子，我忍不住向他说："你若再买我就要杀死你！"

志伟轻松地转过头向售货员说："你再推销我就杀死你。"

对他的购物狂，志伟在一次静下来的时候解释：

"我的身材，从小就很难买到合身的，一定要订做才行。好歹等到今天，流行的服装大几号都不要紧，反正都要卷起来才适合潮流，我还能不狂买吗？"

我了解他的心情。

弃书

家父与我，每周家书数通。我身在海外，多年来一直保持这个习惯。

内容无所不谈，论及人生与书法者近来较繁。

自从搬家之后，所藏之书籍，至今尚未开箱，甚感无策。

家父由远方空运组合书架来港。目前才能一一整理。对不再阅读之书如何处置，与家父之书信中提及。家父也面临弃书问题，现节录他老人家的回信：

藏书太多，一如讨了一群妾侍，虽然她们给过我满足，但麻烦处亦教人头痛，一为她们固然沉静不言，却霸占我一个大房之外，还塞满客厅；二因她们初来时含有香味，久之霉气阵阵，照顾太难。

我非无情无义之人，更不会忘记她们曾经与我枕边细语，可惜累赘之事已经发生，不得不想个办法，忍心将之遣散，于是可人者将之送与朋友，老残的请人搬走。虽说“缓用物，急时用”，我不想得太多了。日前，我在书房看看将离去的书籍中，发现未接触已久的美术丛书，已经五十一岁了，封皮白发斑斑。我掀掀扉页，百感交集，终于携手入房，温之旧梦，伊之离去与否，留待明日方作打算。

杂货店

终于把书房的架子摆好，近百箱书，丢了一半，剩下来的，填满几个书架。

够了吧，我已经开始了解什么叫做身外物。但是扔掉的是不是应该留下？剩余的，到头来是不是早点遗弃更好？我不懂。

看书架上的书，发觉自己的读物的确很幼稚，毫无思想性，尽是些低俗的著作。其中有几十本倒是不可怀疑的，那便是各类的字典，但是，我们已经不叫它们是书，称之为工具。

十数箱电影理论，珍本不少，却忍痛地送了所谓的文艺青年，让它们去害别人一辈子痛苦吧，我自己的理想已经幻灭。

爱书的日子，总是嫌住的地方不够大，摆不了那么多；现在迁移较为宽敞处，却要将书扔掉。

当然，还不到把钞票当墙纸贴的地步，已经开始认为白银比字画更妙。

嘴那么说，心却不甘，有几两硬骨，但又能换来些什么？

想来想去，不如把剩下的书全部换成罐头即食面，把新居改为间杂货店，那该是多好！

最高消费

从学会赚钱，至今已有数十年，但还是两袖清风，每月够开销而已。

钱花在哪里呢？吃喝玩乐？不，不，能用得了多少？我最大的浪费，是在招待朋友。

这年头交朋友已是一种奢侈。虽说清茶、淡饭也是一餐，但连交通、时间、礼物等等加起来，也是一笔可观的数目。

香港是世界的中心，天下朋友云集之地，每年逢旅游旺季来客特多，加上各种节日的长短假期，必有一两位客人经过。

到大陆探亲或游玩的人，也必须在归途停停几天做身心的休养，才回老家。香港是迷人的，足够任何条件让友人留下。

朋友肯老远来访，是无比的愉快和享受。

还好是住在香港，若是什么马尼拉、温哥华那种鬼地方，送飞机票给人人家还不要呢。

我并不是一个富有的人，朋友令我更穷困，但是我同时也是拥有财产的人，那便是我这群朋友。

你怎么骂我傻都不要紧，因为这是我无法改变，也并不想更变的事。

沙 发

常听到人家说：哎呀，我家里小得连一套沙发也摆不下。

沙发。又沙又发，一听就知道不是中国东西。洋人的玩意，何必去学？地方小的话可以用围着餐桌的椅子，坐地下也挺舒服的。

为什么客厅里一定要有沙发才行？我对沙发并无好感。沙发不是太软就是太硬，沙发令人昏昏欲睡，腰酸背痛。为什么不能就是几张安乐的椅子或凳子？为什么别人有沙发我们就要有沙发？

最理想是有地方放一两张鸦片床，又能坐又可以躺，中间一具小几，摆壶香喷喷的茶，几样可口点心。

酸枝家具，坐惯了会上瘾，要是朋友嫌太硬的话，那么可以早点告辞，能够畅谈至天明的，不理会是不是意大利皮制的产品。

再不然，在客厅中尽放些有靠脚小几的大椅，也是个好主意。地方小的话，放几个垫子座；或者缝个布袋，装进些发泡胶粒当椅子，也是办法。

沙发的唯一好处是长的那种，年轻时和女友在上面调情，现在想起来，只剩下这个印象。

我爱台风

呼，呼，呼。台风迎面吹来，头发散乱了，伞骨被吹断了，抬头一看，另有数把别人的伞在空中飘过。楼上的盆栽，一个个地在我身后面前跌碎，我还是在摩罗街上散步。

刚到香港，住在一小房间里，为疏散其他同事而不能回家。玻璃被吹破，暴雨打入，房中衣物俱湿，几条心爱的领带也变成油炸鬼。地板淹水半尺，床铺又是在地下的，不能睡觉，只好到友人处求宿，也不埋怨。

跑到尖沙咀码头，看巨浪扑岸，看摇动着的船。见情侣依偎走过，他们真幸福，不知结婚十年后还会不会冒风雨走出家门，只羡慕他们那一刹那的感情。台风的好处是多在天热来临，衣服湿了也不感到寒冷。

最大的一次，是在东京新宿，由日活戏院到对面的伊势丹百货公司，怎么走也走不过去，结果劳动警察横挂了一条粗绳，人群才能抓着它过街。

台风来临之前的闷热，是那么地令人焦急，一切无声。忽然，草动了，树叶飘了，乌云，狂雨。风打个不停，一小时、半天、全夜、两日，什么时候才吧休？永远吹下去后，世界会变成怎么的一个样子？

早上一号风球，下午三号，傍晚到了五号，明天八号，不是可以不上班吗？这个天赐的假期，是那么的珍贵。老板愁眉苦脸，伙计偷偷地笑，真气死人。第二天还是五号风球的话，伙计愁眉苦脸，老板偷偷地笑。他们刚笑完，电台又广播已经是八号，一个一千多人的工厂，不到三分钟，所有的人走得干干净净。开工的时候有这种效率，那就好了，老板想。

一次在大家走光的时候，去厂里巡视打坏的有多少，正走到厂与厂之间，远处看到一片小方块，越来越大。一看，是一大块薄锌片，像魔鬼鱼那么凶恶地袭来。我不管地上的积水，往下一扑，锌片在我头上飞过。啱！的一大声，插在我身后的木柱上，还颤抖地嗡嗡作响，比血滴子还要厉害。

吹罢，吹罢。我的台风。在这个世界上，只要你不给穷困的人们造成灾害，那么，你就吹吧！

基本条件

我这个人有点被认为的迂腐思想，不过，不管人家怎么劝我说这些事已不吃香，何必那么蠢？我还是照做不误。

比方说我约了人，很少迟到。除非有什么迫不得已的事，我还是尽量守时。让人家等以抬高自己的身价的人，我认为是非常没有自信心的人。

早上去散步，经过些店里，我从来不进去东张西望不买东西而走出来，因为我记得小时有人告诉我，店主们迷信，第一单生意做不成，那天的买卖不会好。

乘电梯时遇到老迈和妇孺，我总是注意门的开关，不让他们在匆忙中出错。过马路也以同样的关心对待，不管这些人我认识还是不认识。

坐巴士、地铁，见抱着婴儿的母亲或老人，我会让位。要是有年轻人抢着坐下，那我瞪之以三角眼，令他自惭。

如果同事或友人派车子来迎接，我很自然地坐在司机旁边。我尽不想表现什么，只知道人与人之间，不管职位地位如何，总应该有一份互相的尊敬。

过度的礼节我并不喜欢，在日本住过一段时期，见他们九十度的打躬作揖，我还是看不惯，只会点首以还礼。日本人知道我们的习惯与他们不同，也不介意。

我绝不在乎替女人开车门或点香烟，就像我也会替男人开车门或点香烟。

但是，女人作状地等待我去为她们服务这些事时，哼哼，去他妈的大头鬼，打死了我也不干。

我不同意小孩子对大人没有礼貌，虽然，心中已觉得他们年幼无知地原谅了他们，但是免不了事后摇头。

对年纪比我大的人，无论是上司或下属，我都保持着不卑不亢的态度。我希望岁数比我小的人也同样对待我。要是他们办不到，我只有可怜他们。

对人对己，这些都不是过分的要求，我认为这些不过是做人的基本条件。

一泊

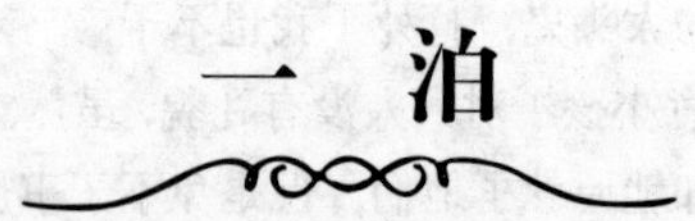

因为喜欢旅行，所以也爱上旅馆。

住过的大大小小酒店，皆感不同。房间总是一张床、一个衣柜和一个洗手间，有什么不一样呢？

那便是它们的味道。每一间房，都有独特的味道。

韩国酒店中，还有烧坑的。坑上铺着漆席，晚上只须上下两条薄薄的被单，便能御寒。问题是，坑的中央烧得最热，睡到半夜要移动身体来避开。要不然，就变成韩国烤肉。

日本的客栈墙壁很薄。正要入眠，传来咿咿哎哎的叫声。用被蒙头几乎给闷死，冲冷水花洒又会患肺炎。

有一个时期常要飞来飞去，行李中必携带四个二百火烛光的电灯泡，两个适合一一〇伏电压，另两个是二二〇伏；一对是钉头，另一对是螺丝头。这一来，到什么地方都马上能换上。因为酒店房的灯光只是适合新婚夫妇，对于一个必须工作的人，简直是受老罪。

后来变本加厉，还带一小电炉，煮水泡功夫茶，差一点没把整家酒店烧掉。

曾在一小房间中一住就两年，房间四壁堆满了书，小偷进来好彩没有被压死。

印尼小乡村里，房间当然没有厕所，要走条小路，才到达茅坑。咖喱吃得太多，夜中提了小油灯如厕。本来就没有抽水设备，但事后习惯性地抓着铁索往下一拉，手黏黏滑滑的，那铁索还要往手臂上卷。天呀！睁大眼一看，原来是一条青竹蛇。大叫一声，没有穿裤子就冲了出来。

最大和最小的酒店小旅店都在印度。孟买的泰兹有新旧两馆相连，由一头走到另一头要步行十分钟，房间有羽毛球场那么巨型，另贴两个仆人二十四小时侍候。米苏的山上小旅店，只有十个小房间，但是每间房还有个小厕所，只是不置洁厕工具，只看到一小桶水。我即刻抓着由香港带去的唯一的一卷厕纸，不管同事三番哀求，死都不肯让出。

北欧的房间，床上没有被，床头有一瓶辣椒酱，写着：“普通晚上吃半匙，大寒之夜，请服食一匙。”这只是笑话。

以下讲的是真的，在一家搭在海面的酒店，厕所直通海底。如厕时“咚”的一声之后，又听到喳喳作响，往下一看，是群鱼在细嚼，煞是好看，真想再来一下。

花园街菜市

去花园街菜市，我的习惯是由太子道走进，经弼街而到旺角道。在旺角菜市还未被拆除之前，来花园街的人不多，现在许多档卖菜和卖肉的都由旺角菜市搬来，客人便跟着来这里买了。

靠近太子道的那一头，与其说是菜市，不如说是第二条女人街，出售的尽是些廉价的衣物，一大早已经有许多妇女围着大堆的衣服拼命挑选，希望捡到件更好的，菲律宾女佣也不少，都争着抢购，然后大包小包寄回她们的故乡。

花园街菜市的东西比尖沙咀加连威老道便宜，但较九龙城、土瓜湾等菜市场贵，旺角市民的消费力还是相当的强。

近旺角道那头有档卖鱼的，常生割龙趸，单单是骨头罢了，已卖六十大洋一斤，一下子就售光了。

精于算账的主妇，等至下午六七点钟快收市才去购买，那时的鲩鱼一大片卖五块钱，一斤的魷鱼也是五块，一大堆苹果又是五块，好像什么都以五块钱为单位。

菜市真奇妙，卖的东西大同小异，但每一个地方的味道都不一样，逛菜市，好过逛博物馆。

上海佬菜档

花园街菜市，清一色卖广东口味的东西，忽然，挤在其中，出现了一个上海菜档。

海蜇皮、年糕、雪里红、黄泥螺等等浙江人喜欢的典型食品满摆摊前，它们也很受广东人喜爱，但买的人到底并不多。大闸蟹季节来到，档面也挂着块招牌，两三箩蟹摆在那儿，没有客人光顾。

摊子后头坐着一位身体肥胖的中年人，天冷时他的衣服也穿得单薄，不管生意清淡与否，每天还是笑嘻嘻。

这上海佬也有不少广东朋友，走过他的摊子停下，并不一定买东西，而是与他下象棋，一局三十块，今天对手似乎很强，他一直在输。

我看草头新鲜，订价也比加连威老道的店铺便宜许多，买了半斤，顺便问他："怎么会跑到这里做生意？"

"唉，其他的上海人都发财，我没用，我只是个小贩。"

"小贩自己也是老板呀。"我说。

他点点头，像有点听得进去，再与对手下棋时，赢了一局。

卖花生的妇人

近凯声戏院那一头的街口，有个花生档，只在傍晚时才出现。

本来，我对以花生下酒，视为无文化之事，但这家人的花生是例外。由一个中年妇女贩卖，她常抱着一两个婴儿，坐在地上，不大理客人，一味照顾着自已的小孩。她卖的花生，每一粒大小都相同，而且，最主要的是现炒，拿在手中，还是热的。

花生分咸的和甜的两种，前者适合送酒，后者当零食，各有千秋，一吃就吃个不停。价钱很便宜，才八块钱一斤，买八两已经能吃个半天。

妇人另外还卖带壳的花生，我没有试过，听朋友说味道也相当好。

有时走过，看到妇人身边多了一个老太婆。这是她的母亲，还是她的婆婆？我没有问。只见她坐在一张小凳上，对匆匆忙忙来往的路人不瞅不睬，那两个孙儿女也不像是自己的，好像在说：“反正有她们的母亲看着，死不了的！”

唯一看到老太婆做的动作是吃花生，天天对着它们还能津津有味地欣赏，这一家人的东西，错不了。

忧 郁

花园街一共有两个菜市，一个靠近凯声戏院的，另一个是在女人街那一头，也有一家戏院，叫金声。

金声戏院附近的菜市，范围并不大，只有一个小L型的两条短街接连。我常去买鱼蛋，这里有两个摊子，由一男一女分别出售，两家人卖的鱼蛋似乎是出于一人之手，同样的是炸得非常爽脆，和一般面粉下得太多软绵绵的鱼蛋，有天渊之别。

但是最重要的目的，还是去看那位卖卤猪的人。他卖的猪肠、猪头肉又香甜又爽口，我每过一阵子就会想念，散散步，走到市场去找他。

咦，不见他的踪迹。

通常他要六七点才开档，我以为去早了，就在附近溜达一会儿，还是看不到他，想起每次向他买东西，他切了一大堆，只算我五块，我还十块给他，他总推来推去，到最后偷偷地将个五块硬币放在塑胶盒内找给我。

“卤猪肉佬在哪里？”我问卖菜的。

那妇人哦的一声，冷冷地说：“给警察抓到怕了，不来了。”

回家顺道租了三部喜剧电影录影碟看，看完一点也不开心。

明记面店

旺角火车站侧边的花园道，有家“明记面店”，一早就挤满客人，女士居多。

先排着队等待，轮流到你的时候，店主先问你要什么面：可分阔面、细面和油面，另有米粉，每份一元至一元半，其他配料，清一色各以一元计。

选择有：青菜，看那一天哪种菜最便宜就卖那一种，多数是菜心和通心菜；萝卜也是客人喜欢的，还有猪皮、猪红、鱿鱼、牛腩、牛什、牛肉丸、鱼蛋等等，各类食品都各装一格，下面生火热之，香味袭人。大吃的人，也花不上十块港币，就能得到一份最丰富的早餐；但要节省，两块钱也吃得饱，相信已是全港最便宜的了。店内有个长柜，大家站着进食；店外两张靠墙的方桌子，坐上六七个人，柜上桌上摆着塑胶罐装着的辣椒酱，吃得满口通红。赶时间的客人打包拿走，这间店虽小，但也可做不少生意。

以前此类食物却是摆档子，光顾的客人有个坏习惯，就是喜欢把筷子拿来往汤里涮，当做消毒，这些汤又拿去给别人喝，很不卫生，明记有鉴于此，专弄一个铁格子的滚水给人洗筷，该他生意兴隆。

臭豆腐老头

放工回家，车子经胜利道和亚皆老街角落，每闻一阵又臭又亲切的味道，回头一看，是那档臭豆腐，今天决心下车去买两块尝尝。

老头用根担子挑着一锅油和小木箱，担子是竹做的，光滑面扛在肩上，反面的竹节中凹进去部分用来装铜板。

“怎么其他的档子的臭豆腐没有跟前那么臭？”我问他。

“我的同行以为年轻人受不了，就不让豆腐发霉久一点，我才不管，臭豆腐应该越臭越好。”

我同意，又问他已经卖了多久？

“哦。”他说：“快三十年了。”

“印象最深的是什么？”

“第一次卖，有些人看到我，好像看到了麻疯病人，那种耻辱很难过。做久了，也不去想了，赚口饭吃嘛。”他回答。

“听你的口音好像是潮州人。”

他点头。

“南方人怎么会卖北方人的小吃？”

“我自己喜欢吃嘛。”他回答：“好吃的东西，哪分什么上海人或潮州人？”

界限街鱼市

天还没亮，由花圃街的公园通到界限街，全是卖花、卖盆栽、卖金鱼的小贩，数一数，有百多摊，卖到上午七点钟，就散了。

我常去散步，问问东问问西，久而久之，对买花和养鱼有了一点小小的认识。我不敢购买，因为这一玩，就要陷下去，我的时间已经不够分派了，沉迷多两种嗜好，会要我的老命。但听小贩们的推销，和顾客们的交谈，是世上一大乐事。

所有的鱼都被装入塑胶袋中，小贩们自备了氧气压缩筒，在水中打了气，便一包包地摆在地下。客人走过，提起一包，天暗，他们用手电筒照着，仔细欣赏后就和小贩讨价还价。买者卖者的神态从容，气氛也很融洽。

和所有的动物一样，品种分高贵与低贱，价钱也由几块钱到数千元一尾，买者掏出一叠钞票，面不改色地购入，当然他们知道物有所值。

初入门者最感到兴趣的是些杂鱼，这里有袖珍型的大白鲨、鸡泡鱼、小龙虾，像一片树叶的乌龟等等，包你大开眼界。

有种巨大的田螺，像个茶杯，只卖五块钱一只，人家买回去放在金鱼缸中观赏，我一直在研究：那么大，肉一定老，清蒸好呢？还是煲汤？

卖龙吐珠的人

走过一摊卖龙吐珠的档子，见许多手掌般大的鱼。

“多少钱一尾？”

“一千五。”小贩回答。

哇！常看到商店中有几尾同型的，巨大无比，那不是要卖几十万？

“那是银龙，不值钱。”小贩懒洋洋地：“你现在看的是红龙！你还没有到玩红龙的境界，当然嫌贵！”

这小子嘴上无毛，已学会用“境界”两个字。

旁边一个大胖子看了又看，爱不释手，问道：“把它和大银龙放在一起，行不行？”

“绝对会被咬死！我劝你还是别买了，不是我不要做生意，死了可惜。”小贩一本正经地。

“两条红龙养在一起呢？”另一个客人问。

“方法是有的。”这位专家解释：“要不断给它们吃东西，它们熟了之后就不会互相攻击。但是用普通饲料不行，你到对面去，买几十尾小金鱼喂就没问题。”

哇，这家伙还要用金鱼来养？

胖客人终于掏腰包：“我上次养的那条死了，真可惜！”

“死亡，就代表有生命！”小贩变成了哲学家。我望着他们讨价还价，走远。

名 牌

旺角街头，一青年在卖假名牌运动衫。他的摊子上挂着一个牌子，写着每件四元的几个大字。

青年站在小凳上，向四周视察，一有警察，马上走鬼。他大叫道；“买呀！买呀！宁愿便宜地卖给街坊，也不要得益差人！”

众人一云集，他的喊声更大。

“跳楼货，每件只赚五毛钱！薄利多销，是我做人的原则！”

一个妇人选四件，给他二十块钱找赎，青年说：“大姑娘，没有领子的才是四块，有领的十块一件。”

“牌子明明是四块。”妇人抗议。

青年指着那个“四”的阿拉伯字下写着“有领十元”一行小字，很尴尬地说：“生意难做，不这样写没人来买。”

妇人在犹豫的时候，青年哀求道：“就算十块，也比任何地方便宜，这是名牌呀。”

看青年身上穿的，却是一件不冒牌的香港产品。

耳　罩

“花生漫画”中，一到冬天，查理·布朗总带个耳罩，到处问人要不要铲门前的雪。不知道冻的滋味的人，看到这个耳罩，真有点滑稽，但在零下数十度地方生活过，才了解它是个宝贝。

有一次在严冬时到纽约，外面刮着风雪，也没有理由整天躲在酒店呀，便穿着很厚的衣服出去逛逛，以为什么环境下都能生存，哪晓得身上多冷都不要紧，最痛苦的是鼻子和耳朵。

鼻水擦了又擦，起先疼痛，后来就渐渐失去知觉，也就算了。耳朵可没那么听话，血管和神经直通大脑，每一阵强风吹来，就像一把捶子在头顶上大力敲击。强忍之下还能继续向前走，再过三十分钟，捶子变为打地基的铁柱，升得高高地忽然迅速下降，当——的巨响，整个人就差点死在路旁。

拉起大衣领子只能遮住半只耳朵，把双手提高去盖住，冷锋又透过纽扣吹来，用围巾包住就连鼻孔也封掉，没有窒息算是幸运。

这时候，有个耳罩就好了。耳罩是实用的，不像女人胸前那个罩，装胸作势，有没有都不要紧。

西装

热带人穿西装，一生三次，结婚、生子，最后是人家替他穿的。

从前的西装多数要订造，分上海师傅和广东师傅，价钱有天渊之别。后者做出的，手臂举不上来。

现在的西装绝大部分买现成。意大利制者领子是用风油机压出，折摺了也不会皱。土产的三两下子就走样。

今年流行丝制的灰底粉红线的西装，颜色夺目，但是只要你穿过一次，别人永远记住，再看时就被误会你只有一件西装，穿来穿去还那么地粉红。

所以，穿西装的原则是越平凡越好，关刀领造得太大或者迷你领太细的，都最多顶上一两年，过后便给人家笑落大牙。

不大不小的领子，颜色沉着的西装，永不跟流行，也绝不落伍。料子最好是买上等一点的。天冷时买薄的，天热时相反，又在大减价时购入，不会贵到那里去。

三四套的西装，配上多一点变化的衬衫和领带，足够穿上一生一世。

唉，可口可乐

东方人的广告还是有避忌，不大攻击对方。美国人却不同，童言无忌。

像这次可口、百事之争，前者换了新密方，味道不同。百事可乐的广告上有个人喝了一口可口，说：“我真不明白为什么人家都说这是真的东西，而又要改口味？”

然后再喝一口百事，说：“我现在明白了。这才是真东西！”

可口可乐发明到现在已有一百年了，它已经不单是一种饮品，而是代表了美国的文化，我们在生长的过程中，谁没有多多少少被可口可乐感染？虽然已不喝可乐，它是我青春的一部份，现在听到它要改味道，而且将旧密方锁在瑞士银行，永不重现，实在令人感叹。

很明白有些人为了要求突破而不循旧道，但并不证明已往的成就却是毒药。保持稳胜的局面，重创另一番新的思想没错。

败中求胜走险招亦是值得一博。但是，可口可乐的这一步棋，是“胜中求败”的最好例子。

原稿纸

对着这张空白的原稿纸，头脑也跟它一样空白。

人生的变化是那么的无常，在我们身边的事物却这般地单调。单看这张原稿纸，多年来从不出现另外一个面目，总是在中间分开，写明“原稿纸”三个字，下面是第页。左上角有个英文字NO——，右上角的数字号码是代表全页有四百格。

这四百字对一个天才来说，将与历史共存，我只能骗骗稿费。

写吧，写吧，再写不出，又要断稿了。

断稿对我讲起来是个恶梦。答应人家的事，一定要做好，这是原则。断稿显示一个人的无能，暴露一个人的软弱，也看得出这个人完全没有责任感。

写些什么呢？写女人吧！要不然就写妓女。但是人家写完了变成《茶花女》，我的笔下却会变成黄色小说。

这个空白总要填满它。到现在，没有到四百字，还有一半用什么捱得过？

不如分多几段吧。

更好的办法，就是算准字数，把一段最后的一个标点符号弄到第二行的第一个字格里。

你看，又骗了十九字。

放弃吧，你永远写不完这张稿纸，今天算你够运，但是明天、后天、大后天跟着来，你终有崩溃的一日。我这么告诉我自己。

窗外，货车开始繁忙经过。对面的楼宇已经见到轮廓，连露台的铁栏杆也看得清楚，一排有几条铁枝？慢慢数吧。

传来鸟啼声，这大都市里，鸟类不是被空气污染而死光了吗？它们怎么能这么坚强地生存下去？那不是比我这个所谓的“人类”更勇敢？

玻璃的反射，看到了自己，发胖，应该说是发肿。满面的横肉，乱草一样的头发，再不乌黑。

香烟抽了一支又一支，供给不了灵感。终于爬到最后的第二行。

这张稿子，唯一和其他写作人不同的是，它给掉下来的烟灰烧了一个洞。

PAL · NTSC

在剧院错过的电影，现在可以看录影带追回。不过，问题常出在那要命的录影系统。

首先，带子分VHS和BETA两种，所谓的大带和小带。我们喜欢的电影，可能录在前者，也说不定录在后者，总之想看的偏偏是在相反的带子里。

好了，两架录影机都买下，大小带都可以看了罢？不，不，录影系统分英制的PAL、美制的NTSC、法制的SECAM等等，你得买多种方式的录影机才能压制这混乱的局面。

没法子，高价购入。这下子可安乐吧？该死，又发现现有的萤光幕也要换成多系统的才能播出影像。

投降，再换电视机。哈哈，乾笑了两声之后推销员方告诉你，NTSC又分NTSC四点四三和NTSC三点五八，变个没完没了。

五年内这些各自为政的录影系统将灭亡，已有一百四十多家公司统一一个八毫米的新系统，世界大同。

但是，你又要买另一部机器了。

大带与小带

对录影机的发明，新力公司做出很大的贡献，在一九七五年将BETA方式的录影机带推出。可是，一年之后松下电器的属下JVC、PANASONIC以及其他机构纷纷生产VHS机带，只有新力孤军作战，死守BETA的城堡。

通常我们将VHS叫为大带，BETA叫为小带，因为前者的体积较后略为大些。到底是那一样的效果好？答案是连专家也难于分辨。

新力知道自己处于败势，便致力于更小的八毫米的机带的生产，但目前证明了不成气候。最近，新力终于向事实低头，已宣布将生产VHS机了。

这个决定已经太迟，盖美国和日本，拥有录影机的家庭是电视机的半数，已达饱和状态，新力再出品大带机，也不会有巨大的市场。

小带的软件远不如大带那么多，我们会看到它乘鹤归西，代表录影带的将只是大带，而另一部分观众会转移去看录影碟。人生的需求无止，一旦享受到录影碟的画面和音响，再也不肯回头去看录影带，终有一天BETA也好VHS也好，总会被淘汰。

儿　子

人类有两个享受：视觉的和听觉的。

电影和电视供给了我们许多强烈的画面，我认为它是雄纠纠的，应该是属于阳性的。

收音机和电唱机留下感觉是抽象的，它让我们去幻想，较为柔顺，虽然近年的的士高音乐男性荷尔蒙太多，但我还是对它归于阴性。

这么些年来，阳刚的视觉进步不大，黑白电影变彩色，立体只是昙花一现，阔银幕也不过是玩花枪，内容依然守旧。电视的发展更迟，直到目前，立体声还是不普通。

音响则是一日千里，庞大如雪柜的收音机缩成打火机般地娇小；手摇磨针的唱片机从七十八、四十五、三十三转发展至镭射的数字小银碟，细腻得和现场听到的一模一样。

这一对男女分别发展，但在最后终于结合了，诞生了一个叫镭射录影碟机的儿子，他吸纳了两方面的优点，送给我们无上的视觉和听觉上最尖端的技术，比上电影院和去演唱会更舒服。

但是，爱这个儿子之后，你我便和他一样离开人群，再也不走出门。每晚看到天亮，堕入镭射碟地狱之中。

镭射碟

VHS与BETA之录影带和镭射录影碟同时发展市场，结果还是录影带先打赢了一仗，成为最流行的录影工具。但是，镭射碟子近年来已经复苏。

录影碟最初不为观众接受，是它只能放映，不能录。这是不符合一般消费者的节省实用心理。不过人们的生活水准日渐提高，要求也随着奢侈。录影碟放映出来的画面，到底要比录影带的清晰得多，音响效果也是录影带永远跟不上的。

机器有了，但软件是个问题，起先录影碟电影寥寥无几，但目前已发展到成千上万个不同的电影和演唱会的碟子，租碟子的店铺跟着林立。

坏在采用英国制式的地方，用的是PAL制度，而录影碟产品却是美国制式的NTSC，所以如果阁下要看录影碟，除非家里有一具多制度的电视机，不然的话，就要另配一套NTSC的萤光屏了。

电影制片很欢迎镭射录影碟的流行，因为版权有一定的保障，镭射录影碟只能放映，不像录影带一样随时被盗窃翻版，正在高兴时，听到小日本鬼子已经发明了可以录影的镭射碟机，好在还暂时不公开贩卖，要不然制片们又要抱头痛哭了。

镭射碟机

玩镭射碟，已经达到疯狂的地步，晚上不睡觉也要把那六七部戏看完为止。

若配上另一架机，有些片子就能看到英文字幕，美国出的碟子，有许多对白太快，听不清楚的时候，只按一按钮，萤光幕的下端便出现英文对白本。起初不懂，问自己说：“美国人看电视，还要英文字幕干什么？”

原来，它是给聋哑人士的福利。这一点，他们的确是比其他国家人进步。

新片子、旧电影、冷门的经典巨作很容易地租到，价钱也比录影带便宜。

但是，镭射碟机这玩意儿在美国并非那么普遍，日本也不是十分流行，买的是都市人，美国和日本这两个地方，单单靠城市人只赚不了几个钱，乡下佬也喜爱才是大宗的生意。香港人比较幸福，什么新东西都马上玩上手，所付的代价也不至于倾家荡产，还是香港好。

录影碟随想

今天的电讯传真中，已看到有四十三英寸的萤光屏出现，不久将来，电视机一定可以发展到整栋墙壁那么大，可将客厅改为一个小型的电影院。

镭射录影碟将成为一个历史性的视觉纪元，它和唱片一样，会维持一段数十年的系统，不容易被别的放映方式取代。

录影碟机的一个缺点，是还要用人手把碟子由第一面翻到第二面，不能像录影带一样地一口气看完。唱片机发明到现在也是要自己去翻的，但是唱片机的构造还须有一杆手臂，靠尖端的针去磨擦唱片上凹凸线发音，镭射已减去了手臂和针头的过程，光线由上面射下和从下面射上的都很简单办到。原理上，我们可以想像将来的镭射录影碟机会有两副镭射针，让我们不必去翻碟子也能连续地放映AB两面。

到那个时候，我希望家里设有一个电影图书馆，整齐地把录影碟分门别类地排在架子上。每一栋墙放一个国家的电影。从经典之作到不知所云的烂片全部收集，随心所欲地看任何题材，抱着一瓶酒，从此不踏出门口一步，也不与其他人类接触，那该多好。不可能吧，你说。嗟！想想又不要花钱的。

文字处理机

现在在好莱坞有一家叫“文字游戏”的公司，剧作家可以在里面用文字处理机写稿。

比方说我们写一个剧本时，要将某一个剧中人的名字改掉，那通常要每页去删除修正，但在这架机上，只要按一个键，整个剧本中凡是有这个人的名字出现的地方，都自动地以新名字取代。

它还能很轻易地分段、分页，删节一字或一行或一章，继下的文字便很整齐地排列上来。

等到你安排满意时，机器便会将整个剧本印出，不必等一个个字打出来。

目前利用“文字游戏”公司来写作的人数不少，但他们主要是用于修改剧本。编剧者发现方便的地方确实太多，不惯的是，他们不能一面写一面喝酒或咖啡，因为在公司里是不准饮食的。

不过，这只是在形式上好看和在时间上节省，对创作是毫无帮助的。

很久以前，我曾试想过利用电脑和文字处理机，将一切历史资料和小说及电影中的内容输入，然后创作。

一个女人爱上两个男人，会发生什么情形？电脑上将所有的答案都排列出来。要偷一颗大钻石呢？如何攻陷一个城堡？怎样解决一无头公案等等之例子，一一出现在我们眼前。

我的意思并非叫电脑写故事,因为一切资料都是由现有的素材输入,命令电脑写作,弄出来的东西一定似曾相识。

利用这些资料,创作人想出更新的,不重复前人的文章,那么目的就可达到。这些资料,只是用来启发或刺激作者的思源。电脑和文字处理机限于一种工具,以它来写作与否,是观念的问题。自古以来,在石头上、骨骼上凿字,变迁到泥上写,再用毛笔、钢笔和打字机,都是方式的问题而已。依靠电脑来创作是不可能的事。

如果问电脑:"你是什么东西?"

电脑一定会答道:"我是个白痴,有多聪明,那要看你输给我的资料够不够厉害!"

中文打字机

手写中文打字机已经面市，又设有汉字简易输入法，根据声母、韵母、声调、起笔、末笔、画数等特征来输入汉字，只要明确知道其中任意两个特征，就能找出对应的字，十分灵活方便，又不需要记忆复杂的操作。

问题出在此机只能运用简体字，我们这群用惯、读惯繁体的人，到底希望它能繁、简体两用。其实原理是一样的，制造公司何乐不为呢？

理想的中文打字机，最好加上微型电脑，将整本《辞源》、《辞海》也输进去。《康熙字典》不可缺少，《说文解字》更是需要，加上《成语字典》也不错。

另外，书法大字典也拼入，那么，这个字古今名人是怎么写，大小篆行草又如何表现？完全一目了然。一按键又可以将以上各类以书法家的字体印出。

文字输入用手写，但文字处理机，一定要按个“写完”的键。其实，手写后最末一笔大力一按，便即刻输入，道理也简单。

越想越多，人是贪心的，什么时候才有这种完美的打字机出现？

其实，上述的事都已可能办到，只是制造商嫌太贵众人买不起，赚不了钱，不造给你罢了。

卡迪根

对襟、长袖、无领、胸前用六颗纽扣开合的羊毛衫，英文有个专用的名辞，叫CARDIGAN（卡迪根）。

年轻人不穿卡迪根，它好像是父亲、祖父级的才有资格拥有。最奇怪的特征是卡迪根胸前有六颗纽扣，但只有五个纽扣洞，其中在第四颗的位置上有两粒是并排的，到了穿卡迪根的年龄，男人多数有肚腩，两颗纽扣让你配合肚子的大小。

卡迪根通常是小子们送给长辈的新年或生日的礼物，它的价钱由百多块到几千块。便宜的很重，又起毛粒，穿多几次便走样。较好的柔软、轻；好好保管可用上一辈子，但是忘记洗干净的话，明年天冷拿出来穿时，已被虫吃得一个个洞。

代表性的厂家是苏格兰的积架（JAEGER）出品，每年都在涨价，加斯米尔者，当今已非每个人都买得起了。

青年时爱美，总觉得卡迪根老土，买件花花绿绿的，才认为漂亮，又重又厚不是问题，实在愚蠢。前一阵子家父在港小住，回去后留下这件卡迪根，今天一大早起身写稿，顺手披上，呵，那么薄的东西给我那么多的温暖！腹部纽扣用对阔的那粒，不得不认老。

人食鲨鱼

银幕上的大白鲨常出来吃人，但是鲨鱼到底是可怜的，鱼翅给人割下熬，鱼皮拿来做胄甲或包刀剑的柄，每天还是遭人类屠杀。鲨鱼肉更是美味无穷，台湾的烟鲨鱼是本省人最喜欢的下酒菜，将块状的鱼肉切成薄片，沾着酱油膏，或加一点日本青芥菜，以金不换的菜子佐之。尤其是近腹部的鱼肉，百吃不厌，我每次去台北都要在街边的小档子叫几碟来吃，下次你到台湾不妨试试。

在香港也偶尔可以吃到鲨鱼肉，九龙城菜市对面的那间鱼饭店，今早我就买到新鲜蒸好的，肉幼细，肥美，沾普宁豆酱，一绝也。其实我们一直在吃鲨鱼，从前的鱼丸多数是鲨鱼造的，潮州粥摊子的咸菜鱼，用的也是鲨鱼，不过最近可能是小鲨鱼都给我们吃光了，所以改用海鳗、油鱼追等来代替，鲜味已大打折扣。

鲨鱼和河豚一样，冷食不会有腥味，而且它的皮并不粗糙，虽有点韧，但细嚼之下甜汁流出，是其他鱼不能比的。听家父说，鲨鱼最好吃的是它的肝，试过之后，什么法国鹅肝酱都比不上，我至今都没有缘份吃到，下次去南太平洋，一定叫个土人杀条巨鲨，取其肝大吃一番。银幕上那条大白鲨，比起我们人类，善良得多。

蚂之屋

福建人叫螃蟹为蚂。

“蚂之屋”是台湾高雄的一家餐厅，专卖螃蟹。老字号，到高雄去问人家，没有一个不认识。

螃蟹的种种烹调，在这里都可以尝试到。蒸、炒、烤、拆肉或单取其膏，应有尽有，好蟹之人一定会吃的饱得走不动，正以为绝对吃不下去的时候，最后一道菜是用螃蟹熬的番薯粥。闽南人的番薯粥本来就好吃，再加螃蟹的鲜甜，怎么不叫人又多吞三大碗？

除了螃蟹之外，还有两样著名的菜，那便是澎湖的特产珠螺和高雄传统的炒金瓜面线。

珠螺是由螺壳中挖出肉来，但是不剥开螺的保护盖，所谓的“珠”，就是那粒圆厚的盖子，螺肉本身只有一颗米那么大，将肉啃了之后吐出珠来，乒乒乓乓地撞在碗碟上，好玩多过好吃。

炒金瓜面线是把金瓜刨成细条，再与面线和蛤蜊肉一块炒。甜味出自金瓜，鲜味则由蛤蜊肉发出。蛤蜊本身色淡，不仔细注意不会发觉。

只知吃进口美味无比，一碟又一碟，吃个不停。

“蚂之屋”已由一家小店发展成大厦，水准还是保持得很好，经过此镇时绝对别错过尝试的机会。

蒜头膏

在欧洲的乡下，流行着一种叫AIOLI的食品，法文在I字上有两点，发音为“亚里奥利”。乍看之下，以为是我们吃西餐时淋在沙律上的奶油酱MAYONAISE，吃了之后辛酸开胃，满口臭气，才知道它是蒜头膏。每一家人都有做蒜头膏的秘法，绝对说自己的老母或老婆做的最好吃，你不相信，就打起架来。其实它的原料是大同小异：大蒜瓣、蛋黄、橄榄油和粗盐，有人喜欢加点醋，但传统的亚里奥利并不酸。做法是把以上原料放在一个陶瓮中，这个陶瓮有四个耳朵，很像大型的烟灰碟，然后用一根木棍拚命地向同一个方向捣之，捣个半小时，即成。

什么肉类、鱼、蔬菜都可以沾亚里奥利来吃，最普通的是涂在面包上面，吃个不停。在欧洲，你要是说喜欢吃大蒜，大家便会做出一个厌恶的表情，但是如果吃的是亚里奥利，你便是老饕。亚里奥利，不过是欧洲人吃大蒜的藉口。

亚里奥利发得不好时便不胀也没有黏性，男人从不动手，由女人服侍，主妇们要是月事来的话，亚里奥利便发不起，这是欧洲人的迷信。说起大男人主义，他们是鼻祖。

鱼蛋档

最受香港学生们喜爱的食品，大概是街边常见的鱼蛋吧。

小贩们推着车子，两个铁格，一个装鱼蛋，另格是墨斗的须。前者浸在黄黄的咖喱汁中，后者染得红红的。这是两者的“特色”。

鱼蛋做得好的话，脆、爽口、有弹性、香、甜，但是这些街边卖的鱼肉成份很少，多数是粉，经油炸过，入口黏黏、软软的；魷鱼须相反很硬，永远咬不烂，都是冷藏的廉价货，谈不上有什么滋味。

不过，这档小食一出现，学生们就围上了。小贩们勤劳地拿一根尖枝刺、刺、刺，六七个鱼蛋一串卖个不停，再提起大剪刀叮叮当当地铰开坚硬的魷鱼须，又依样画葫芦地串起。成长中的孩子们胃口总是较大，等不及回家吃饭，先买一两串来充饥，好吃不好吃那管得了那么许多，谈起这个经验，许多人都有过。

为什么最普通的东西都没人注意？画册或照片中很少看到鱼蛋档的记录，要是我的画画得好的话，一定要把这个印象留下，它代表了香港的一部份，它代表了过去的一刹那的青春。

送上门的菜

香港地方，什么生意都有人做；吃的，占了很大的部分。

上餐馆吃很贵，自己买菜回家烧便宜；但是，要是你忙着上班或带几个孩子呢？怎么可能每天早上逛菜市场？又要顾着开支的预算，还有亲朋戚友时时要到府上做客，香港的女人真不简单。

好了，有人想出一个办法，那就是天天为你配好菜谱，选好料、切成片、洗干净、调完味，完整地将每一碟菜包成一包，一大早就替你送到你家来。你只要花一点点的时间去烧好它。

每天有三种中餐和三种晚餐选择，一星期为你想出四十八样菜，价钱为三人吃的一餐二十一块，两餐三十六块；五人吃的一餐二十五块，两餐四十一块。好处在预算能够控制，而且水准也不错。

为了好奇，我订了一个星期，菜色包括：土鱿琢肉饼、豆朴炆烧肉、炸五香卷、黄瓜粉丝虾、云耳蒸蒸鸡、雪菜咸蛋肉片汤等等的确丰富。如果当晚要请客，还可以早一天叫他多送几样款式。这种生意造福人群，实在应该鼓励，唯一缺点，是剥夺了我上菜市场散步的乐趣。

马来式餐厅

像许多外国的中国菜馆，香港的马来餐厅也是已经变质了。

永远有的是咖喱，但味道千篇一律，将咖喱做了浓酱，你叫鸡，就放几块进去，你叫牛肉或鱼，也依样葫芦，肉本身和咖喱发生不了关系。

永远有的是海南鸡饭，其实不过是广东白切鸡，饭也不香，酱油也不咸，辣酱不辣。

永远有的是加多加多的所谓南洋沙律，弄点花生酱，炸几片鱼饼就上桌。

永远有的是福建炒面，用的是上海粗面，加些肉丝和虾仁，吃进口即刻要作呕。

可怜的香港人，搞不清楚每一个国家都有不同味道的咖喱、海南鸡饭其实只是在新加坡才好吃，加多加多在印尼菜中不重要，福建炒面主要用的是油面，而且有猪油渣才像样。大家将一大堆垃圾往肚里推，我们看到了，像看到鬼佬吃中国餐。

所有的马来餐厅的菜单都是相同的，它们除了马来菜之外，还卖西餐和中餐，菜单厚厚的好几页，什么东西都有，你想想看，要是他们那么多才多艺，已是国际级大师，还在香港小巷中开什么鸟餐厅？

生炒草头

草头这种东西，大概也只有中国人会想到去吃它。我不知道它是否为花园中，或高尔夫球场上的草，到底是属何种蔬菜，不求甚解。

每年到这个时候，豆苗已太老，是吃草头最好的季节，今年过冬，为自己庆祝一下，买了半斤草头，用清水冲了又冲，洗干净后慢慢地将它的梗一根根折断，只取幼叶。有些人喜欢用火腿丝炒，有的人爱加蟹粉，但我认为草头只有生炒最好吃，不让任何东西抢它的味道。

生炒这一门手艺最考功夫，第一个条件是火要猛，大排档的炉子最适合，在家做总做不到，但今天说什么都想亲自下厨。这是阿心姐教我的秘诀：把一切调味料放在油中，只需照顾蔬菜的翻炒，便能控制生熟。要不然，生炒的整个过程不过六七秒钟，很容易烧坏的。

但是我还是要走险路。先把一碗鱼露加绍兴酒和少许糖，放在一边。用猪油爆黄大蒜之后倒入草头，猛翻几下，把整只手浸在碗中，举起五指弹出，酱料一滴滴地飞射而出，撞到鼎中菜里，吱——吵——等声大响，水汽和香味喷出，即成！

酒 语

酒徒。

南史,《陈暄传》的主人翁说:“这是我生平所愿,即于我死之后,在我的坟墓上刻着:陈暄,是一个酒徒。喝酒是我的宗教信仰。”

酒筹。

喝酒也有筹码计算。白居易最风流,他在《醉忆元九》的诗中说:“我喝醉了,折花枝来当筹码。算算看我喝了多少壶!”

酒肠。

十国春秋中记载,福建人问周维岳:“你的身体那么细小,为什么可以喝这么多酒?”

周维岳回答:“我有另外一条用来装酒的肠。”

酒所。

汉书的《董贤传》里,人家问董贤同一个问题,他回答:“我的身体里有个酒的住所。”

酒店。

法国作家左拉写的一本小说,叙述一个弃妇和一个劳动者住在一起,喝酒喝到死为止,为自然主义的巨著。

酒虫。

与倪匡、黄霑、黄百鸣出席一座谈会,一坐下来,不约而同地说:“快拿酒来祭吾等肚中之虫。”

泡菜颂

又是大芥菜最肥的季节，买了好几斤，将外层剥开用排骨煮熟了吃掉，剩下的芯，切成小块，加大蒜、指天椒、浸鱼露，造成蔡家泡菜，开心不已。

泡菜是我喜欢的食品，找不到东西下酒时，它是最佳伴侣。造泡菜没有想像中那么麻烦，也并不是每一种泡菜都要渍过几天，有些做法实在很简易。

比方说买条白萝卜，切片后加盐、糖和白醋，揉它一会儿，即能上桌。

茄子也是即食的好材料，先把茄子去蒂，纵切成两半，再横切成月芽形，泡于水中去涩味。沥干水份后，放入碗中，加盐轻揉，放入冰箱约半小时。拿出，再度沥干水份，撒上点糖和白芝麻，使之更芬香。

黄瓜更是普遍，切片或切条均可，揉上糖和盐，另外取南乳花生数粒，用玻璃瓶将它们压碎，撒上，再切指天椒丝，最后挤入柑汁，没有酸柑，用青柠代替，黄色柠檬亦可，吃起来又爽、又酸、又辣、又香，包管你的胃口一定醒来。

造泡菜最好自己动手，要不然就动口叫别人造给你吃，手口都不动，没得吃。

不亦乐乎

认为西餐不好吃、没有文化，那是我年轻的时候——

鹅肝酱是什么东西？又腥又臭；法国蜗牛？并不比中国田螺香甜。牛羊排是那么的硬，等到切好一块块入口，已经冷掉。

老了，吃得多了，才知道以前试过的鹅肝酱只是次品，好的鹅肝酱唯有TORO的肝可以媲美，人人赞许的日本TORO鱼生，都差它十万八千里。

法国人可以将鹅颈的皮和细肉留下，拆了骨头，再酿入多种香菌和海鲜，淋在上面的汁也花了长时间的准备功夫，单单这一道菜，已经不输给中国师傅。

最简单的烤羊肉，整只小羊插在铁枝上，在郊外用稻草熏之，铁枝尾部装了风车，微风吹来，它慢慢旋转，让羊皮烤至香脆为止，这岂不是文化吗？

对任何一样自己不熟悉的东西，我们都不能轻视，并需多下功夫去品尝和研究，但是，这番话，也要等到我这一把年纪才能接受。

法律规定我们只有一个老婆，只有在食物上多元化，各国的美味集中成一个大胜宴，不亦乐乎。

黄色茶包

朋友来我的办公室聊天，看见我在喝英国的黄色茶包，满脸不以为然的表情，心里一定在说：没有想到蔡澜这个家伙，会堕落到这地步。

当然，比起从前的沏上好的铁观音的悠闲，现在饮茶包，的确是逊色了许多。

用茶包的习惯是由西班牙和南斯拉夫这两个地方养成的，当地的茶都很难喝，我自己也没有办法把铁观音和普洱拿到每一个餐厅去，只好随身携带一些黄色茶包，想喝茶的时候向侍者要一杯滚水，扔两三个茶包进去，不加糖不加奶地当成唐茶。

回来后还是照饮黄茶包，一大盒一大盒一百包装地买，每天平均八杯，一杯三包，一下子就喝完一盒，胃壁一定涂满茶渍。

起初打开黄色茶包盒子时，还有一阵芬香，过了几天，什么味道也没有，泡在水中，只剩下苦涩，喝完之后发誓再不去碰它，但时间一到，又打开纸盒拿出三包扔进玻璃水杯里。

人的习惯真不容易改。

记得我在泰国，吃中饭时总是没有时间坐下来，第一天回香港，拿了饭碗，夹一些菜，望出窗外，蹲在地上，一口一口地扒进嘴里。

腐乳吾爱

在外国住久之后，忽然亲友送来一瓶腐乳，是一种任何文字形容不出的喜跃；在唐人社会，我们会忘记吃腐乳，隔了一段日子再接触，也有同样的欢乐。

当然就此下白粥已很好吃，拿腐乳来做菜有另一番滋味，最普通的是将腐乳浆淋在灼熟的空心菜上；或爆香大蒜后炒之，百吃不厌。

若不嫌麻烦，那么把鸡放进锅煮，加盐、米酒、姜片、胡椒粒、八角，煮它一个小时，把腐乳磨成糊，将鸡捞出后涂上，最后放入油锅，炸成金黄色。鸡肉香醇、腐乳芳香，为宴客之佳肴。

要简单一点的话，那么用三个鸡蛋，加一块腐乳，一起打散。将镬烧至透红，猪油滚至发烟时，即刻倒入，名副其实地捣蛋，炒了几下，快手地把整个镬拿离火焰，一道口齿留香的小菜创造出来。

或者，什么事都不想做，光要喝酒的时候，打开那瓶腐乳，小心翼翼地捞了一块，在它的上面撒上细糖，添几滴麻油，切幼姜丝加入，再淋些醋。

举起筷子，欣赏它一番，夹起一点点，慢慢地放进口里，啊啊，已做了神仙。

一〇〇一夜

大概没有一本文学著作比《一千零一夜》更深入民间的，你和外国人谈《西游记》，十个有十个不懂，但是世界上的儿童，哪一个没听过阿拉丁神灯、月宫宝盒、阿里巴巴和四十大盗呢？

最初的版本在公元九四七年发现，里面只有四百八十个故事，历年来，人民逐渐地加入其他传说去凑足数目，原著的许多文法上的错误和不同的文体，显然地说明这本书不是出自一个人的手笔。

但是，这并不重要，读者一厢情愿地认为它是一个宫女写的：沙耶皇帝发现了他的爱妃不忠，把她和她的情人杀了，从此，他讨厌女人，每晚和一个睡过就将她断头。为了要阻止这个暴行，宰相的女儿沙拉兹想出一个办法，要求她父亲把她嫁给国王。她每个晚上讲一个故事给他听，国王听得上瘾，才不杀她。

这个传说，有点熟口熟面。不是吗？我们写专栏，岂不像那个战战兢兢的宫女？至于暴君，就是各位读者大老爷。

现在虽然不必洒血，但是炒鱿事，每天在发生。

爬 虫

《花生漫画》雄霸漫画界已经二三十年。至今还没有一件作品能够取代它。

不要看轻这四个方格子，它被几百个国家转载。无数的报纸，每天要付出天文数字给它的作者，再加上史诺比洋娃娃、查理·布朗收音机和胡士托衬衫，应有尽有的副产品，不管在韩国或是香港制造，都要缴版权费。“花生”再也不是漫画，而是庞大的企业，有组织的财团。

多少商人想尽办法去培养年轻的穷画家，希望有一天挤进世界各报纸的漫画栏，但是只看到失败的例子。

涌起的只有《奥滋的巫师》，它的主要人物有三寸钉皇帝、懦弱的武士、永远做实验不成功的巫师等等。内容讽刺政治和人性，大人看了偶尔有会心的微笑，和小孩子却没有办法沟通。失去儿童读者，是它的致命伤。

来势汹汹的是《肥猫加菲》，很多人都说唯有它有希望来与“花生”争一口气。除肥猫主角，有只极愚蠢的白痴狗和极不聪明的养主。

肥猫加菲每天恶作剧，不时咬送信的邮差，然后阴森大笑，作者用的线条繁杂，画出肥猫的表情，是个尖酸刻薄、鄙视众人、充满自大狂、近于猥亵的大胖子。它受欢迎，可能是有些这一代的儿童对它有认同吧。看到许多家庭的小孩子，对大人失去尊敬，学会欺负职位比他们父母低微的人，满脸势利的肌肉，我为此感到恐怖和绝望。当然不想《肥猫加菲》影响他们更深。

《花生漫画》的持久，因为它有一份浓厚的、永恒的爱心。除此之外，作者的技巧已是炉火纯青。查理·布朗家隔壁的那只猫，生动地用利爪挖掉史诺比狗屋的半边屋顶，猫本身从未出现。单是这点已能看出《肥猫加菲》的作者，是一个多么可怜的低能爬虫。

辛迪加

美国有报业辛迪加这回事，辛迪加是“SYNDICATION”的译音，“企业化的联合组织”的意思。专栏作家像包可华，任何一间报纸转载他的文章，都得付钱，美国那么多州和那么多府，又分那么多的镇，每出张报纸必有对头，大家抢着刊登，就互相加价，辛迪加坐在那里等收钱。加上海外的所有英文报，一个专栏所得的稿费是巨大的财富。

卡通也由辛迪加代理，去年一年，《花生漫画》净赚两千五百万美金，有些人看得眼红，在报上批评过份商业。花生漫画的作者舒尔兹反击：“我可以不用自己画，我可以叫六个画家来做我的枪手，我自己却到处去演讲，赚更多的钱！”

舒尔兹的确是个有良心的人，他三十七年来，一年三百六十五天都亲自动手，所以他的花生漫画那么有水准。包可华就不同，他请了几十个人替他找资料，所写的东西已不全然是自己的。

我们这些可怜的华文写作人，绝对没有辛迪加看中，南洋一带和美加转载我们的东西，算是给面子，那有钱收？但话得说回来，那些报纸销路却有问题，再向他们要钱，不忍心。

名著改编

经过长时间的思考，又与各位老友谈论之后，我将《THE UNBEARABLE LIGHTNESS OF BEING》暂译为《鸿生难忍》。

作者米兰·昆德拉迟早会得诺贝尔文学奖，他是捷克的离心分子，现在住在巴黎，好消息是这本书不但被译为二十多个国家的文字，而且现在正在改编为电影。

导演是美籍的菲律·加夫曼，拍过科幻片《THE INVASION OF THE BODY SNATCHERS》和描写太空人的《THE RIGHT STUFF》。前者是失败的科幻片，原来拍的黑白电影比它更好；后者倒不错，将一个枯燥的故事拍成富有诗意的电影，是位好导演。昆德拉给编剧和导演的忠告只有一个字："删！"没有多少位小说家肯讲得那么干脆，昆德拉以前在布拉格教过电影理论，了解制作过程，所以态度较为超然。要将《鸿生难忍》拍成电影并不难，小说中以四个人物为骨干，四段故事交叉进行，已是电影的手法。昆德拉在小说中以旁观者的身份出现，与读者交谈，称他们为"看官"，很像中国的章回小说，这个特点不出现在电影中，倒是很可惜 的。

现在电影拍成，译名为《布拉格之恋》，与原著比较，差得远。当然，文学和电影是两种不同的媒介，我常忘记这一点。

外国小品

小品，散文，英语叫ESSAY，其实是由法国人首创，采用法文的ESSAI变化出来 的。ESSAY的定义为：篇幅短小的文学作品，用轻松、好奇的笔法描写一个主题，通常是表现作者的亲身经验和他对事情的看法。这种形态的文章在欧洲要到十六世纪才出现，法国人蒙太尼坦白地写出自己的生涯和思想，对人生很小的事做生动的叙述，所用的文字简洁又生动，他的散文，至今还是被西方认为最好的。起初，英国人兰西·贝根也写散文，但是他的《关于野心》、《关于真实》、《关于名胜》却是很冗长，不像小品，比较靠近论文。后来的考尔利才走回蒙太尼的老路，他写的《关于我自己》就很轻松有趣。散文到了十八世纪才是百花齐放，佼佼者有爱迪森、史时尔、庄生、高尔史密夫等人。当然最出色的小品还是蓝姆姐弟的作品，它们糅合了幽默、幻想、柔情和尖锐的人生观察。

本世纪初，散文变成了嬉戏，但是美国的占士、旦伯和女作家桃乐蒂·派克的尖酸刻薄句子，到现在还是时被引用。

儿时读物

读几个月前的中文报纸，有一则外讯说有人发明了一张替懒人运动的椅子，忽然想起小时候看的一本小说，主人翁肥得笑时也要人家替他拉开嘴。

这本书叫《小林和大林》，张天翼写的，它带着的政治讽刺，后来才知道。小孩子哪里理会那么多，只懂得人物描写得很精彩，处处惹笑，像书中的一个鳄鱼小姐，拚命追小林，一面追一面以粉扑面，大叫道："不管三七二十一，我爱你。"

儿童是天真的，不应该以政治去污染他们，用童话来批评腐败的政权固然是一种手段和技巧，但是绝对要掩饰，不毒害小读者的心灵。张天翼就能做到这一点。

略为长大后，读《虾球传》，它也是带左倾思想，但写得引人入胜，可当一本好小说看。可惜新版本已经删掉了虾球对性的醒觉。

最不高明的是《动物园》，大人看了才有兴趣，小时看改编后的卡通片，呼呼大睡。

有许多小时看的书，名字已忘记，甚至对整个故事也模糊，只有一部分的情节，一直留在脑里。当时读的翻译小说较多，有一本是讲一群儿童，身体缩小到昆虫那么大，在一个小花园中的历险记。

他们没有了食物，就去吸取叶绿素，吃起来像牛奶，只是带着草腥味，不大好喝。

接着有蜜蜂来侵袭和跌进蜘蛛网中之惊险的片段。后来人家浇花，变成一场大洪水，把主人翁和友人们都冲走等等的片段，其他的再也想不起了。

我对这本小说很怀念，一直想找到它来重读一遍，想知道当时为什么会留给我那么深的印象，但是，可惜一直没有缘份。

要是找到了这本书，我想将它改编成电视片集剧本，这种题材拍电影固然好，但是特技的制作费太过浩大，电视可以简单地将影象叠印，做起来较不费时间和金钱，一集一集拍下去，这本书里有拍不完的故事。要是您也看过，还记得的话，请您告诉我。

科幻题材

在这里，并不探讨科幻小说的技巧，先将作家们的题材归论一下。

(一)太空船：从一八八九年朱尔士·梵的《从地球到月亮》起，已经有穿梭机，到未来的太空堡垒和未明飞行物体。

(二)发掘新殖民地：以后，这里住不下了，不是跳到美国加拿大，而是火星、土星。

(三)生物和环境：外星球中有何种与人类不同的生物？在何种环境下生长？

(四)战争和武器：由H.G.华尔斯的《世界大战》，至当今流行的《星球大战》片集，未来的打打杀杀，总受一般读者的欢迎。

(五)太空帝国：外星人的强大部队，与我们对他们的反抗。

(六)乌托邦和恶梦：人类脑中的乐园，在科幻小说中发展淋漓尽致；相反的，有无数不同的十八层地狱。

(七)剧变和灭亡：随时可遭核弹毁灭的今天，这个潜意识不停地围绕着科幻作家。

(八)失去的世界：由一九一二年开始，亚特·柯南·道尔便运用这个主题。失去的，必然是美好的、奇异的、值得历险的。

(九)时间和无限次元: 忽然间我们能自由地在过去和未来旅行，或走到另一个次元中，这是多么令人着迷?

(十)外来物质，连超人也怕的一块太空石头，其他文章很多提到同样的题材。

(十一)城市和文化：未来的城市设计和当时的文化，与今天的比较。

(十二)机器人: 它们会不会来统治世界？异星人的机器人是否比我们创造的更厉害?

(十三)电脑: 亚特·克拉克在现实生活中并不怀疑电脑会比人聪明，虽然他的小说里电脑还是给人类打败了。

(十四)变化生物和共栖动物：人和电脑生在一个胴体、野兽和人类共栖在一个躯壳、外星人和地球人的混血儿。

(十五)神灵感觉和超能力量: 这些异能人类，供应了正常作家的思想源泉。

(十六)性: 如果佛埃特说凡是做梦必与性有关，那么发白日梦的作家把性加在他们的作品中，是很自然的事。

(十七)宗教和神话: 讲到这里，你可能认为它们和科幻有什么关系？但是作家们常常利用小说为工具，把他们对宗教的怀疑，对神话的憧憬表现在文字上。

(十八)内太空: 外太空太大了，岂知我们身体中的太空也不小，要是我们化为一个和细菌一样大小的东西。

上述的题材，也许会在小说中重复或连锁地出现，但除这几个分野，科幻小说少不了作家创造出来的一套他们自己的哲学。

发展下去，科幻不止在文学上有贡献，这精神分布到探讨两个或两个以上不同科学之共有事实、问题和理论，以及科幻视觉艺术，如漫画、油画、电视和电影。

主要的是：科幻小说供给我们一个对过去、现在和未来的新观点。

史聂克

虎报的星期日版出现了一个新卡通栏叫“史聂克”，画的是栏名的一条蛇。

创作者是个名索十的澳洲人，这漫画已经登载了十年了，他说以蛇为主角，最难画的是它没有手，没有脚，没有颈项，没有下巴，没有耳朵。主角的史聂克只有两颗眼睛和一对尖牙。

史聂克有时大叫：“给我手脚吧！”下一格便出现了人家给它刀、手枪和核子炸弹。

漫画中的另一个“人物”是史聂克爱得要死的贵妇史聂克，不过她并不特别喜欢史聂克，把他叫为“一条瘦长的小爬虫！”

史聂克找不到朋友，有次他登广告征求，说：征友，死的活的都好。

不过，他并不愚蠢或笨，只是“人生”中一切不如“人”意，要什么没什么。上两个星期画的是史聂克爬到一个愿望井边，说：“我多希望我是一个人！”

碰的一声，他的愿望实现了，不过他变的是唐纳·里根。

畅销书

畅销书，根据大英百科全书的定义，解释为：一本书，在某个时间，卖得比其他书更多；它代表了读者的口味，判断读者的爱好。

最新选出十大畅销书的是一本叫《读书人》的杂志，从一八九五年开始，它调查全美书店的销路，做出报告。当时只选六本最畅销者，到一九一二年二月“十大”出现。目前最可靠和最有权威的畅销书表，刊登在《纽约时报》中。

一般上，大众和书评家都认为畅销书没有什么文学价值，但是这句话并不一定是对的，一九三六年玛格丽·米歇儿的《飘》，就是全年最畅销的书，尤其在改编为电影《乱世佳人》之后，谁还敢说它不会留世呢？

记录中，天下最畅销的英文书是《圣经》。但近年来赠送也没人要，最大宗的主顾算是旅馆老板，他们要在每一个房间的抽屉中放上一本。只有这一本书，住客不顺手牵羊，这也是件怪事。原因一定不是怕上帝怪他亵渎，请放心。

《圣经》一共卖了多少本，没有办法追索，不过任何一本取自圣经题材的畅销书都会引起跟风的潮流，《圣袍千秋》、《红衣主教》就是例子，单单是查理士·雪顿写的《跟随他的足迹》已卖了八百万本，你说厉不厉害！

研究畅销书的大学生在他们的论文中说畅销的总类可分为:

一、宗教性读物;二、启发性及励志性的读物;三、爱情小说;四、历史传奇性传记;五、性和暴力的小说;六、园艺和烹调书。宗教书我们谈过,启发性的书,代表者有戴乐·加尼基写的《如何交友及影响他人》。加尼基是个怪人,他的书都以他做封面,如果你看到一个戴眼镜白头发,长得有点像杜鲁门的人,就是这个家伙。他的励志书虽说已经过时,但精神不死,现在还有许多人以新包装走他这条路,是个很成功的方程式。

二十世纪中期以后,描写性爱的禁忌消失了。积克琳·苏珊的《娃娃谷》成为历史上最畅销的二十本书之一。数年前上榜的《教父》更是充满性和暴力,日前的十大中,显见缺少这两样东西。

《更佳家庭》、《园艺》、《烹调》等书,由一九三〇年起开始出版,也卖了一千八百多万部。流行榜上近年来加了多几个花样,像《珍·芳达体操》等,由莎莉·麦莲写的几本灵学的畅销书看来,美国人相信神鬼的越来越多。又,减肥书也畅销,可见他们也越吃越胖,越胖越怕死了。

日本人的读书风气很盛,公园里,地下铁中,无时不刻地捧着一本书。但是,最近的印象是,书照看,不过读的是漫画和杂志。尽管如此,他们的畅销书印刷的数量也是惊人的。一个叫黑柳彻子的女人,常在电视上主持节目的那个,你们一定见过。她写了一本叫《窗迫的小铎铎》,一卖就卖了四百万本,才叫畅销书。

他们的畅销书还能制造社会风气,早期的太宰治写了颓废生活的"斜阳",许多人便称自己为"斜阳族"。后来的石原慎太郎的"疯狂果实",卷起青年反叛的精神,叫

"太阳族"。近年来吉行淳之介所著的《到了夕暮》，描写哀乐中年，令到这群半老人类自以为是倾倒少女的偶像，大言不惭地命名为"夕暮族"。

每年被政府抽税最高的十个人之中，一定有一两个是作家，赤川一郎所写的少女侦探小说，一部接一部出版，都卖几百万本，他的书情节简陋，案情愚蠢，读完以为自己的脑筋有毛病。但是人家卖钱，有什么话好说？与其看赤川一郎，我宁愿刨漫画，它故事性强，画面也美，如最近畅销的"孔雀王"，看起来就津津有味。

谈到中文畅销书，我对大陆的著作不熟悉，不敢作评，只能讲讲港台两地。

能够两个地方都畅销的，相信只有金庸、琼瑶、倪匡和三毛。柏杨、高阳还不能算在里面。

单讲香港的话，金庸作品已经达到饱和状态，倪匡和亦舒还是不断地生产，在任何书店看到的，差不多是这两兄妹的天下。

当然人比人，气死人。要是在欧美和日本，那还得了？不过只靠中文写作来生活的，还只是近二十年的事，大家不会忘了自己还是幸运的一群。

话说回来，在香港没有副业的作家，总加起来最多也不到一百个。

像吾辈等玩票性质的人不少，目前每份报纸都有十几个专栏，已经不叫开天窗，而是打开大门，阿猫阿狗都放进来了。专栏写多了就结集出书。幸福者每版三五千，有的只印一千或五百罢了。人家的四五百万本，听起来当然是天文数字。默默耕耘，多读书、多游历、多观察与探讨人生尽量提高质素，似乎是唯一生存之道。

其他的，不作妄想。

版税问题

美国的妲玛·贾纳威次、杰·麦因纳尼、伯特·伊士顿艾利斯三个年轻的作家，第一部小说出版了之后，即刻受出版商注意。现在，他们要求人家先给他们二十五万的订金，才肯动笔。

一个编辑说："年轻一代的作家，埋头苦干的是先如何赚钱。对于写作的态度，和做股票经纪，完全一样。"

事实是，印书是宗好生意，就算美国的出版商杯葛他们，英国公司马上出更高的价钱去抢，尽管大家一直骂，作家他们生活得越来越好，管你去死。

"不关我的事，那是我的经纪人的要求。"有些推得一干二净。"

"编辑只是一个改正我的文法错误的人。"有些目中无人。

"唉，不把你羡慕死了吗？要是你在美国，出了十本书，一生人已不必做事也可以享乐下去！"有人向我说。

"我不是那种看法。"我说。

"你不要钱吗？"他问。

"我不是不要钱。"我回答。"但是我要是天天那么去比较，我会活得很不快乐。要比较，我比较星马，我比较印度，我比较埃及，我觉得在香港能拿到的版税，已经不错！"

问心无愧

问心无愧，这句话已被滥用。

另外的表现方式是英语直译过来的——我已经尽了自己的力量去做。

其实，在香港生存，谁不是搏到尽的？这些虚幻的形容，变成废话。

问题出在：尽了自己力量，是什么程度的力量？各人的标准都不同，要求相异。我的所谓已经付出最大努力，在你看来不过是草草了事；你的所谓想尽办法，对我来说是不花脑筋。

看过许多例子，见了不少从早做到晚的工作人员，他们只是占着空间，什么事都干不了，就大言不惭地说：我日忙夜忙。

到外国留学，整天躲在家里的人看得多，他们回来后，外语一句也不会讲，用回广东话表现经过了千辛万苦。

脚踏实地，默默耕耘的人很少说什么博到尽的对白，问心无愧，这四个字已经成为失败者的藉口。生活的过程中，总有违背自己良心的事。

一般人根本就没有“心”，哪来懂得什么叫“愧”？

早知道

我对地产和股票一窍不通，而且最怕人家谈论它们。偶尔，在座的人讲个兴起，我也只有默默地听，当成礼貌。

不过，等到他们说：“早知道，房子那时候买下，才八十万，现在已经升到一百七十万了。”

或者，“早知道，进个三万股，现在涨到那么厉害，要买已太迟了。”

我就忍不住要光火。

天下事，样样都早知道的话，不是没趣了吗？什么事都能早知道，你已经是个世界上最富有的人，何必躲在香港这小地方，尽可到纽约、东京去赚美金或日圆！

而且，早知道的话，你对财产已视为粪土，说不定要找死才有刺激。

喜欢说早知道的人，是爱放马后炮的人。整天讲早知道这、早知道那，大家听起来会觉得这个人是很可怜，很幼稚。

算命的人也不敢太断言说早知道，他们很少肯说早知道。

早知道？早知道你就不会嫁你现在这个丈夫！早知道你就不会娶你现在这个老婆！他妈的，早知道。

诚 意

香港每过一阵子，就要创出一些流行字眼，最近常被滥用的是“诚意”。但是这“诚意”和字典里的“诚意”的意思已是完全两样。

现在的所谓“诚意”是：“什么都比不上人。”

我们的电视节目是有“诚意”的，表示演员、工作人员，灯光、摄影器材及制作费都差，但是我们拍出来的东西一定会有人欣赏。

现在的“诚意”，还有另外一个意思：“给的钱很少，求求你答应吧！”

我们“诚意”地请你来写稿，表示稿费低微，共同努力吧，同志！

现在的“诚意”，最后的意思是：“这事做得不好，请你多多包涵！”

我们觉得这部电影，是非常有“诚意”的，表示这部戏虽然不好看，但是你不去看就不够朋友了！

在香港求生，有谁不是已经付出最大的努力？

哪一个人对工作不热诚，那一个人就会被炒鱿鱼！愿意少拿一点钱，自然会默默去做。做得不好，只有担起失败的铁镣。香港人最不需要的，是“诚意”！

弱　智

大都市的人，每天为三餐奔波，对文字的运用越来越少，读长篇大论的文章更没有兴趣，所以我们这些所谓专栏作家的垃圾大兴其道。

但渐渐地读者连这四五百字的豆腐块也嫌烦了，最好只看照片和图画。所以漫画成为了读物的一个主流。

漫画已不是王司马的牛仔、舒尔兹的花生那么单纯可爱，最流行的是些血腥暴力、妖魔鬼怪的东西。《龙虎门》、《中华英雄》等本地创作并不多，泛滥的是日本的漫画，书报摊陈列着数十册。

这些书都是没有版权的海盗版，本地印刷的和台湾翻版的兼有，后者还卖得甚贵，十多块钱一本，但不愁没有读者。

翻了一下，的确是好看，像电影一样有剧本、人物刻画、分镜头，对性的描写也的确能够引起感官的刺激。

对于青少年的坏影响是有的，但是要是说看完就会去强奸打劫，那么日本早已通街是杀人犯了。

漫画的潮流阻止不了，越禁越好奇，只能劝导年轻人去分辨好与坏，要是我们对他们连这点自信心也没有，那我们也是弱智。

不 送

从前，送人是多么美好的一回事，尤其是初次接触异性，由学校送到她门口、再送进厅、送入房，送呀，送呀，送上床。

后来，乘船出国，女友送行，码头上乐队奏出《惜别之歌》，互相牵系的彩带，越拉越长，像蛛儿吐尽了丝，杜鹃泣完了血。

那才叫送行。

现在，最讨厌的就是送人，又开口，又摇头，又叩首，为什么大家都忘记了什么叫做“目送”？

送生人还好，到这把年纪，开始要送些认识的人，地点不在码头，变成殡仪馆。

呸呸呸，大吉利是。

还有人有资格乘邮船吗？绝大多数已经是飞行巴士，机场是最没有品味的地方，到了闸口一声拜拜，远去了倩影已经看不到。

糟糕的是要说的已经讲完，但起飞迟了两个小时，下一个约会已经订好，留下来也不是，溜走也不是。

她们一个个地走。如果是去嫁好丈夫，生儿育女，那真替她们高兴，或者，会躲在大柱后偷偷地流下一滴泪。

但是，去的都是为了移民。

不送，不送。

撒　谎

我们不断地撒谎。

“你好吗？”人家问。

“好。好。”这两个字的后面有多少辛酸，岂可坦白地告诉你？

伤害到别人的谎言是罪过，但是为了方便而骗人倒不是一件坏事。

遇到了患上肝病的同事，我们怎么样也不会说：“你的脸色很难看。”多数是以“好像比以前瘦了一点”来收场。

看见一部坏到极点的电影，导演要你提些意见。通常都回答：“我认为不错，不过不知道观众的反应怎么样。”

“我是不是老了很多？”长年不见的女朋友问。

“不，不。还不是从前那个样子？”我回答。

岂可将自己的印象讲出来？难道是个整容医生吗？你能为她拉皮？

“还不是以前那个样子。”这句话讲出来的时候，无论如何都要态度诚恳。直望着她的双眼，怀着爱意。这么一来，就算她心里知道你明明在撒谎，也很高兴。

结果她低下了头，也回敬你一句：“你也是。”

谎言加上谎言，就好像等于了事实。

死 党

死党。

“你要不要结拜？”十岁的朋友问。

我们年纪还小，哪知道结拜的意义，只是受了说书先生讲《水浒》的影响，说：“结拜就结拜！”

两个人勾了勾手指，便成兄弟，今后共患难，同甘苦。

死党每天逃学、打鸟、抓蜘蛛、网鱼。

但是，给家长拉去打屁股时，你是你，我是我，什么事都帮忙不了。

小时候的死党到哪里去？在路上遇见，已认不出。有的还保持联络，但大家生活方式已变，共同点不在小动物身上，虽结过盟，相见时想不出话题。

长大后，要一个死党也可真不容易，数数你的身边，到底有多少？

我很幸运，好几位死党还不断地互相关怀，虽不多见面，时常打打电话问候，或者致信请安。大家有大家的烦恼，也很难给予什么援助，只是鼓励对方一天过一天，快乐地生活下去。

看到许多人为了钱而变成孤独老头，我并不羡慕他们的财势。

与这些人做死党，到他们成功的时候，就变为名符其实的“死”了的党。

近 视

近视，原来是远的东西看不清楚。老花，也不怎么彩色缤纷。还有一种叫散光的，其实看到物体的光线没有爆开，只不过是把九点十五分看成八点十分。日本人称之为“乱视”，还有点道理。

近视的度数越深，眼镜中的圈圈越多，像个倒来看的望远镜，一直延长至无限远。

拍电影时，如《巴比龙》中的达斯汀·荷夫曼的那个近视眼镜，是用两片厚塑胶玻璃，中间各打一个洞，反光之后，就十足像是一千度以上。要是没有此种特殊道具，早头昏眼花，还谈什么演技?

还有一个很奇怪的现象，不知你有没有注意到，戴近视眼镜的人，从他们的玻璃片中望去，双颊和额头变成很狭小，脸的两边凹了进去。

男人戴了眼镜，看来斯文一点，那是错觉。许多败类都戴眼镜，不证明他们有文化，有些还患上心理近视，无可救药。

女人不喜欢戴眼镜，因为它们显出人类的老态。聪明的生意人抓准这一点，发明了隐形眼镜，得到所有女人的爱戴。从此，我们的世界多了另一个怪现象，那便是趴在地上，尴尬地找她的隐形眼镜的女人。

弗

“弗”这个字，我起初不懂得怎么用，原来是香港人把“FIT”这个字翻成的。

自从珍·芳达出版了她的健美书，你们女性们都开始做起运动来了。

精装本的卖得并不便宜，你们有些还去买录影带，但是照学学不到几天，又放弃了，是不是？

你们的身体，和买书之前一样肥肿，珍·芳达也肥肿，我指的是她的荷包。

其实要健美何尝不易，为什么一定要浪费金钱学洋人呢？我可以告诉你几个简单的方法：

第一，先把喝剩的那瓶白兰地拿出来，一口一口地干了，不消半个小时，你就可以试试磅一磅，包你会看不到秤上的数字。

第二，一天打开冰箱几十次，手腕的运动自然做了。冷气吹来，有助美容。

看到有什么就吃什么，冰淇淋呀，蛋糕呀，可口可乐呀，总之不停地吃便是了，反正，不必我讲，你们也会去吃的。

第三，选个舒服的地方做运动，最好的当然是那张床，随时随地可以睡去。

还有其他各样办法，不赘述。总之，包管你和现在一样“弗”。

服从吧，女人

亚当和夏娃（ADAM AND EVE），前者音译还过得去，后者根据英文，应该叫为“伊芙”才对。原来中文里的夏娃，是由希伯莱文的HAWWA传来。

这两位世界上第一对人类，

男人是用泥土创作的；女人是用男人的肋骨造成的。信不信由你。

上帝当他们是白痴，只是做来玩玩，所以警告他们不可以吃禁果，因为生禁果的树，是一株会辨别是非的树。

结果，正如大家所知，吃是吃了。他们学会做那件快活的事，今天才有我们。

快活之后，亚当与夏娃便得受罪。还有那条怂恿他们的蛇，也要受罪：它永远不得翻身，只能用肚皮在地上爬行！

男人的罪是必需干活来养家，而且他有一天会死亡。

女人的罪是必需受生育时的痛苦，还有她一直要服从男人。

好一个“一定要服从男人”。如果你们认为我有异性歧视，那是圣经先说的，不关我事。

要骂去骂圣经。

尊·洋子·保罗

在一九七一年，两个作家写一本关于披头士分裂的书，一直延到最近才出版。

当时披头士已不咬弦，互相攻击，大家都说纠纷的起因是列侬的妻子大野洋子和麦卡尼的老婆莲达·依士曼不和。

从这本书的访问中，我们可以看到列侬虽然大骂麦卡尼，但一谈到他们一起在汉堡表演时，还是对麦卡尼有很浓厚的敬意。

披头士的解散，洋子应该负一大半责任，这女人在谈话里不断地插嘴表现自己，如果我们是披头士的成员，也会讨厌她。

当然，事情并不是那么简单，尽管大家不喜欢洋子，也不会弄到不可收拾的地步。

问："尊，你和莲达也合不来是不是？"

列侬："谁说我们和她合不来？"

问："你在什么时候认识她的？"

列侬："那是在美国开记者招待会的时候，我们要去机场的路上她跟了过来，我并不认为她特别有吸引力，像是个随便惯了的女人。她坐在车上替我们拍照。不到一会儿她就嫁了给保罗。"

问："洋子，你是什么时候才见到莲达的？"

洋子："第一次是披头士在EMI录音的时候，他们录音不大让生人去的，特别不喜欢女人在现场。她一来就向我讲个清楚，说她只是喜欢麦卡尼而不是列侬，其实这是多余的。我想她是要讨好我，要和我混在一起。"

问："那麦卡尼对你的态度呢？"

洋子："他说录音时我坐得太靠近他们了。我应该留在后面。"

列侬："麦卡尼从来不听女人的话，认为女人只是生来玩的。"

问："洋子，其他的披头士也对你有敌意，是不是？"

洋子："我是一个妇权运动者，除了灵高以外，他们在公共场合一点也不理我。你想一想这种事他们也做得出来。我是一个女人，一个插进他们世界的女人……我对他们应该有某个程度的影响力呀！但是他们从不公然地提我一下，记者问他们，他们也不回答。"

列侬："到今天苹果机构还是常摆乌龙，有时洋子的唱片在榜上无名。"

洋子："我只想对他们公平一点。这是因为我的教养不同。我要做个好女孩，但是他们说我的艺术没有尊的艺术那么重要。那真是一个天大的侮辱。你心里可以这样想但嘴里总不能说出来呀，你说是不是？这真是大男子主义的谬论！"

列侬："他们装成她根本不存在！又说她一点艺术感也没有，她能出人头地完全是因为我，应该跪地感谢才是！但是她勇敢地向他们说：'这太愚蠢。'当她把身份和他们拉平的时候，他们就受不了。"

洋子："比方说，我告诉麦卡尼，'保罗，请你明白，如果莲达在摄影或者拍戏得了奖，我们都会感到骄傲的。

这对披头士的声誉都好，对我们也好，因为她是我们家庭成员的一份子。’我说：‘我是一个艺术家。我还没有遇到尊的时候，也下过不少苦功，请你让我干下去吧！不过现在我越来越难做了，我太爱尊，我对他的艺术太投入，有时，我会忘记自己的工作。’他听了之后说：‘对了，这才像话！不做你会快乐的。这就是做女人的福气。’他真的那么相信的，他甚至于鼓励我放弃我自己要做的事！”

洋子继续说：“每一个我遇见的男人都比我还要虚伪，比我还要作状，比我还要狭窄，一点也不真。我有天才，因为我会作曲，我会画画，我有多方面的兴趣。大多数我认识的男人只会一样工作，吹牛也只吹一种罢了。”

这时，洋子的裁缝来了，她为了试身而走开，访问者才有机会问到关于披头士在德国汉堡初期的事。

列侬：“我们在汉堡要唱个不停，每首歌二十分钟，大家唱二十首。我们一晚工作八到十个小时，这才让我们有了进步。

保罗会唱《我说了什么？》一唱就唱一个半钟头，有时来了几个当地黑社会人物，一进来就送我们一箱德国的冒牌香槟，我们一定要喝，不喝就要杀我们。

他们说：‘喝吧，喝完就唱刚才的那首。’要是他们打烊之前进来，我们又得唱多几个钟头。”

问：“你会不会怀念和保罗在一起作曲的那些日子？”

列侬：“不。在早期我就单独作曲。我们都是分开来写的。保罗开始写的时候我还没作过曲呢。在《救命！》里，我写《疲于奔命的晚上》，他写《昨日》。不过有时候我们的歌会撞在一起。我是说我们常常坐下来，我开头他收尾。你知道啦，你可以把四分三的曲子写了，一写就写二十首，他替我的歌的中间加插一段，他懒得动手的我就为他写完。不过，我认为说披头士要是只有保罗和我，披头士也不会成为披头士的。披头士一定要保罗、尊、乔治和灵高才是披头士。”

问：“你和保罗会有机会再合作吗？”

列侬：“这等于说你会回到你妈的子宫去吗？我现在和洋子一块写是因为洋子和我住在一起，这很自然。我和保罗住在一起时便一块写，他现和莲达住在一起，保罗和莲达写，这也是很自然的事。”

菲利浦

英女皇一家人物，你知道最有趣的是谁？

毫无疑问的，答案是伊丽莎白的丈夫，菲利浦亲王。

我一直非常敬佩这个人。前几天看到他去东京开保护野生动物会的照片，又想起要写他的事。

从我脑中的档案，菲利浦亲王和伊丽莎白应该同是维多利亚女皇的后代。那时候的英国皇族，又娶又嫁欧洲各国的太子公主，弄得一团糟。菲利浦亲王混有德国、丹麦和希腊的血统，他是一个真命希腊王子，但是他从小就被送到英国念书，希腊话反而是不会讲的。

菲利浦亲王有六英尺那么高，年轻时非常英俊，到现在也是风度翩翩，并无老态。可惜三个儿子一个女儿长得都不像他，遗传了母亲，东看西看，看来看去还是一个鼻子。

子女们也没有爸爸的才能，菲利浦亲王在和平时候是英国马球十大高手之一；打起仗来，他能指挥海军战舰，驾驶喷射战斗机。查尔斯一直要学他，可是服兵役时并不出色，打马球都常跌得鼻青眼肿。

但是最可爱的，还是菲利浦亲王的坦白个性。他讲话不怕得罪人，所以常常闯祸。

他自己也说过：“我一说话，人家就要来打烂我的牙齿！”

不过，他也说：“如果没有人批评你的话，那你就是一个大番薯了！不如不要做人！”

菲利浦亲王常去探望矿工、参观工厂。很多年前，他坚持要扮成一个普通人才肯到奥士汀汽车厂去，他和工人相谈接触之后，发表了《工业界的人为问题》的一部调查书，解答许多复杂的人事纠纷，从此加拿大和澳洲的工业界都拿这本东西当教科书。

人家请他演讲，他有什么说什么。有一次是个保险公司的集会，他说：“你们叫我来讲话，我感到惊奇。因为，我一生从来没有买过保险。你们知道啦，做了英国女王的丈夫！还保什么险呢？她就是最大的保险。”

大不列颠帝国的殖民地逐渐失去，做英女皇也不好过。至少，多年来，物价一直在涨，女皇薪水一直是一样。国会给皇族一年二十万镑，菲利浦亲王只分得四万，他终于忍不住地呱呱叫：“我们家要破产了！唉，连马球也打不起啦！”

国会听了检讨这个问题，发现的确是很久就没有加皇族薪水了，才马上多算一点给他们。菲利浦亲王虽然穷，但没有忘记培植年轻一代的责任。他始创了一个爱丁堡公爵奖状，少男少女在任何事业或工艺上有显著的成就，便可以得奖。这个奖是英国每一个年轻人都希望争取到的荣誉。

对别的青年，他尽量制造机会，但是对自己的儿子可不大客气。虽然查尔斯是英国的未来国王，他常被老子呼喝：“闭嘴！”

英国人民也很爱菲利浦亲王，不但不骂他，而且，他们说，如果英国取消了君主制度的话，国民一定投菲利浦亲王一票，选他做英国的首相。

在一九四七年，菲利浦亲王娶了伊丽莎白之后，他相当的安份守己，烟也戒掉了，酒喝至应酬程度，走路永远是双手握在背后，走慢女皇两步。

多年来，他一直保持青春，到五十岁时看起来还是不老。

不过，头发倒秃得厉害。全国有许多妇女纷纷送生发秘方给他。

菲利浦亲王看了笑笑，说："这东西要是真的有用，你们早就发财做大老板，还会把它送给我吗？"

女皇的妹妹玛格丽特，年轻时本来爱上飞将军唐生的。但是唐生离过婚，皇室不能把公主嫁给他。

据说，菲利浦亲王相当欣赏唐生，后来看玛格丽特没有种，放弃了唐生而和皇家摄影师史诺顿结婚，菲利浦亲王深不以为然。他感到史诺顿油头粉脸，唐生才是一个真真正正的男人。

后来，菲利浦亲王到外国去访问，有许多摄影师围上来拍照，他尖酸刻薄地说："要那么多摄影师干什么？我们家里已有一个！"

有一个传说是英国人发明来歌颂菲利浦的。话说他和伊丽莎白结婚的那一天，菲利浦把门锁起来。伊丽莎白来敲门，菲利浦问："谁？"

"女皇。"伊丽莎白回答。

菲利浦不睬她。

最后她说："是你的老婆。"

菲利浦才开门。

坏　人

文学、绘画、电影、电视里，经常歌颂一些“猛将”。小时候，把这些传说读了又读，看了又看，津津有味。

现在分析起来，所谓的猛将多数是好战的军人。他们一生只懂得打仗，旁的什么都不会做，可怜到极点。

为了要达到他们私人的目的，他们命令、煽动、压迫许多愚民替他们打仗。大家起初不晓得为什么要打，打打之后，也跟着上瘾，不打不罢休。

防御侵略者、保护国家的猛将不在此例，他们是值得赞美的，但是，在历史上，这些人物占少数。

大多数是强占别人国家的坏人，还被称为扩张领土，多么威风的一件事。最坏的坏人应该是亚历山大帝，他从那么年轻就打，一直打，打到病死为止。丝路片集里 ，可以看到他占领的地方，是那么的荒凉。就算从前繁荣过，黄土还是黄土，抢不了几个钱。最讨厌的就是这些坏人。

一仙

日前，报刊一则消息，标题为：“一仙纸币知多少。”

宪报公布：截至目前为止，根据纸币及辅助流通币条例所发行的一仙纸币，在市面流通的票面总值为九十七万七千三百八十一元正。

所以，请别看轻这一仙，积少成多，加起来是个大数目。

我们都有些钱放在银行，每个月加点利息，一元单位的整数我们也许会记清楚，但到了多少仙就胡涂起来。

在外国，有个对数目字的记忆力极强的人，有次对月利，发现少了一仙，便到银行追问，得到了答案是银行在利息方面为了减少麻烦，用四舍五入法，所以少了一仙。

在无数的交易中，每次银行都赚了那么一点，变成巨款。这个人因此得到了灵感，利用电脑搭入银行的线路，把剩余的一仙全接收过来，悠然地度过晚年。后来这件事变成了一个极好的推理小说的题材。

电子笔记簿

自从日本人出品了电子笔记薄之后,我先后已经买了十几个，他们的号码常是1000，什么2000，每出一个新的就多一千。它们实在好用，可记忆世界各地朋友、餐厅、酒店的电话号码和地址，更有个公元两千几百年的日历，记约会、安排一天的行程等等。

最近一个是除了用英文记事之外,还加了日文的片假名，现在连汉字也能输入。另外出售软件，可插入一张卡片，便有以下功能：一、英日文对照。二、汉字辞典 。三、六个国家之中、英、日、法、西班牙、韩国之普通会话翻译。四、地址电话。五、日本歌词五百首。六、货物价目统计。七、技术计算。八、全球都市的地图、火车、地下铁之乘坐法。

以为是最新,那你就错了,还有一个是记了电话号码之后，将它放在电话筒处，一按钮，它便会发出信号替你拨，打国际电话时可避免不必要的错误。

当你把所有要记录的东西输入之后,又有一个新产品来引诱你,买个没完没了,所花的钱也是一笔可观的数目,不如另请个女秘书来做这些琐碎事，她有些功能，绝对是任何机器都代替不了的。

夜总会

男人上夜总会都以为自己是大豪客，是白马王子，是暴君，实在非常愚蠢。

一坐下，庸俗的妈妈生前来招呼，千篇一律地：“喜欢些什么的小姐呀？”

男人也千篇一律地：“叫几个美的。”

妈妈生又千篇一律地说：“我介绍的包你满意。”

结果一来，看了几个丑得让人晕倒的女人，更是千篇一律的事。

男人这时候由大豪客、白马王子和暴君变成缩头乌龟，想把身边的那个丑妇赶走，又没有勇气，无聊地猛灌酒，微醉，那老母猪越来越好看，胆子大了一点，上下其手，兴奋了，也就糊里糊涂地拖她去九龙塘正法。可怜到极点。

为工作需要，有时也得陪客人上夜总会，因为不是熟客，得到的服务当然不理想，妈妈生也不可能把最好的小姐带来，所以我一向先对客人说明：这一类场所找不到什么好货，你们想去走走不妨，但是一定要有心理准备。

客人多数是急色鬼，看到一些比想像中好一点的，即刻喜出望外。

他们的目的达到，我的任务完成，唉，了一桩事。

录影事业

最近的报导，告诉我们关于录影机和录影带在美国的一些事实，亦反映今后对我们这个地区将发生的影响。

一、一千万个家庭之中，最少拥有一架以上的录影机，八四年年尾将加多五百万架。到一九八七年，全国平均每三户就有一架录影机。

二、录影带的租售入息，将成为电影的主要盈利之一。《施活的遭遇》录影带版权费卖一百五十万美金、《女超人》三百二十五万、《星球大战二集》一千五百万；到一九八八年，保守的预算是录影带占一部电影收入的四分之一。

三、好莱坞没有做录影带生意的先见，将版权卖断而不自组租售的发行。亚伦·哈士菲尔、二十世纪霍士的总裁也承认说："我们放过了干电视，对有线电视也失败了，而且我们又让人家控制了录影带的发行权。"

四、去年年底，派拉蒙公司尝试自售录影带，以普通带子八十美金的一半价钱卖了六十万盒带子，当然这只是少数成功的例子。

五、音乐录影带取代唱片的倾向：越来越多人喜欢买有画面的声带。许多唱片公司要靠卖录影带为副业。

六、带子的租赁越来越便宜，由十一块美金一盒降到九块，现在已有十盒只租二十一块的现象发生。

七、带子的租赁越来越方便。租赁公司林立，在超级市场的连锁店如七十一等将都随时可租到录影带。最方便的生意是花一万六千美金去买一个艾锡斯牌的录影带自动租赁机，客人把信用卡插入，就可以从一百六十八部电影中选自己喜欢的租回家看。

八、电影院的生意不受打击，相反的更好转起来，录影带刺激观众重进戏院，新一代影迷又养成。他们说："一千个观众在黑暗中看戏的经验，是毕生难忘的。"

九、打破看电视的束缚，人民可以选自己的爱好，选自己的时间去看一个节目；孩子们在房间看《芝麻街》，夫妇躲在卧房看《深喉》。

牙签面

我喜欢面食。

到了西班牙，最头痛的是没有面。带来的几个即食杯面，在飞机上已当早餐和同事们分享，现在，多想有碗云吞面吃。

到这里的中国餐馆，一看菜单上有汤面和炒面，马上口水直流，各叫了一品。

上桌了，样子不错，和上海大面条一样，吃下去才知道不是味道，原来却是意大利粉冒充的。

“为什么不买中国干面来烧呢？”我问餐厅的老板：“道理和泡开意大利粉一样呀，那不是好吃得多吗？”“中国食品进口管理得很严格。”他回答道：“要去伦敦和巴黎买货也是很麻烦的事。反正，西班牙人吃不出什么是蛋面，什么是意大利粉，我也不是专做中国人生意的，何必多此一举！”

我一听也觉得有道理，只好把那些生硬而无味的面条吞下肚子。决定以后叫只叫炒饭来吃，不去碰它。西班牙的米，样子还很接近东方长的，可是一点香味也没有。

到深夜，肚子一饿，就想面，想想，女人的头发都变成面条。

买了几包像“美琪”食品包装的西班牙汤面，照足封面的说明煮食，一面煮一面用汤匙搅，不然便黏在一起，完成后一看，清汤变成浓浆，样子和滋味都是一塌糊涂。

回到中国餐厅，不知不觉地又叫了一碟炒面，还是那他妈的意大利粉泡的，越吃越生气，越生气越吃。啊，一定要想个办法解决我这吃面的苦恼。

有了。那是在印度。我们去一家乡下的中国菜馆，何梦华导演叫了一碗云吞，吃下去后我问他："什么味道？"

"没有味道。"他静静地回答。

我叫的炒面来了。天！那有什么面，是一碟酱油牙签。跑进厨房和大师父理论，只看到一个印度小子，拿一大把干面条折断后就往鼎里扔。想到这里，就算吃意大利粉面，也感到很幸福。

半日闲园

清 明

清明已到，九龙城“茗香茶庄”的一家人提早去扫墓。

三哥和四哥的父亲葬在高山上，一条小路，只有一个人那么宽，爬上山去，至少要个二三十分钟。十多二十年来，他们几兄弟爬上去不觉辛苦，现在已感吃力，是生活好、少运动之故。

四哥陈展兄回忆当年父亲去世，棺木一买，一定是最好的那副，其重无比。

请人搬上山去，一位出名有力的主管说：“八个人，一定够。”

结果，八条大汉一抬，动也不动，只有停手。

“哪有人买那么重的棺材！”苦力们大叫。

四哥哭笑不得，自言自语：“哪知道有那么重？”

要是我，一定开口大骂：“又不是每天死老子，哪来的经验？”

最后，那副棺木，出动了在坟地工作的十二个风水佬，和苦力加起来一共二十个人，连同家属帮手指挥，才抬了上山。

后来四哥的母亲仙逝时，已学乖，没买那么重的了。

不过，这是不是对母亲不平等，又有疑问。我想，只要有孝心，棺材的轻重不要紧。

家父走时，家人选棺木，我当然也不放过机会，跟随而去，见大大小小的、便宜的贵的，花样之多，无奇不有。推销员拚命介绍，鼓励客人买高价货，出尽花言巧语。

最后说："别再犹豫，买一个送一个罢。"

幻想至此，不禁破涕而笑。其他客人，以为我发神经，走远一点。

老

要保持年轻的体形，对上了年纪的人，根本是件难事。

“你再瘦一点才好看！”

“你的肚腩为什么不消一消？”

“你快点去把那头白发染了吧？”

什么？

老了就老了，老人有个老人样，是个有尊严的老人相，改变来干什么？

谁没年轻过呢？翻看从前的照片，大家有一个莎士比亚所说的“消瘦又饥渴的样子”，步入中年的肥胖，是自然的。

“你没有看到某某人，六十多了，还那么健康，一点肥肉也没有，这都是他们运动的关系，你整天大吃大喝，什么都不做，怪不得身材愈来愈难看！”

谁不知道运动会燃烧卡路里，但这些人一运动，便一生要做运动的奴隶，一旦停了下来，还不打回原形？

人生的每一个阶段都是美好，何必争取那不必要的假像？

要保存的，是头脑的青春。

要留下的，是童年的一份真纯。

时下的年轻人，和他们谈话，总觉得他们不停地用什么“命里没有的，莫强求”、“都是缘份作怪”等等的老人语。更糟糕的，是他们把这些似是而非的短短几个字，用了三个钟头去对你劝说。讲个半天，不过是：“汝，三思而行。”

我一直当他们是长辈在教训我聆听，点头唯唯称是。

对做事的积极，我比许多人强。我不断地说：“做，机会五十五十；不做，机会是零。”

我重复地认为和年轻人之间有了代沟：我比他们年轻，他们比我老。

肚腩

"你胖了。"女友看着我说。

中年发福，当然肥它一肥，况且现在是步入老年阶段，样子更是难看，我自己也不喜欢，每照一次镜子，都觉得惨不忍睹。

对自己的变老，很久之前已经学会接受，那是读了丰子恺先生那篇叫《渐》的文章，他写这篇东西的时候也不过三十岁左右，觉察得实在早，佩服得很。

渐，是令人生圆滑进行的微妙要素，丰先生说，是上苍用来欺骗人类的手段，在不知不觉之中，天真烂漫的孩子"渐渐"变成野心勃勃的青年，慷慨豪侠的青年"渐渐"变成冷酷的成人，血气旺盛的成人"渐渐"变成顽固的老头子。

我们一秒一分一时一日一年地渐渐转为老态，是微进式的，使自己好过些，也能容忍现在的这个样子，但是别人就不见面，一看到了就吓得一跳了。

要是没有这渐的转变，少女一下子变成老太婆，所有的人，都要闹离婚。

小时候喜欢的女明星，上台领终生奖时，我们感慨道："啊，为什么变成这个样子？"荧光幕不是一面镜子，我们没有看到自己。

所有的老太婆从前都是婷婷玉立的少女，与其惊叹她们的老态，不如每次看她们，都幻想她们曾经拥有的姿色。

男人还是幸福的，老了较能被接受，但是女友又说："我喜欢你从前的样子，高高瘦瘦，有文人气质。"

谁规定文人一定要高瘦的呢？那时候的我，轻浮得很，又不会享受人生，何来的气质？脑筋是现在的好，样子就衰了。但宁愿要现在的我，从前的我只是一个躯壳。

看着这位女友，肚腩也略为胀着，我不敢出声，一说出来，没有朋友做。我较为仁慈，能欣赏这个肚腩，觉得性感得很。

统治者

从原始母性社会种下的根，女人基本上都有统治的才能。最大的本领是二十四小时的喋喋不休，疲劳轰炸之下，一日复一日，一年又一年，男人始终要投降，因为他们的心已懒。

最大的武器是孩子。女人很爱惜这件工具，绝不让男人去碰。做父亲的有时实在看不惯儿子那种嚣张，说他几句。

“骂什么吗？”女人咆哮：“要骂儿子，我不会吗？什么时候轮到你！”

男人不想和老婆吵，就静了下来。

这时候小鬼斜着眼看老子，阴阴嘴笑，整副藐视的表情，讨厌到极点。

一直忍，忍到忍无可忍，男人反抗：“这个家是我的，还是你的？”

这时候，女人做的表情和她的儿子一样，怪不得嘛，她也有份的。

“好，家是你的。”女人说：“我走，我把儿子也带走。”

女人这么一说，男人又完蛋。

一个小领土，女人是不会满足的，她的帝国要扩张出去，先是兄弟间不和开始，延长至对家婆的关系断绝，最后丈夫的朋友，也要由她来选择。朋友的话，可以交新的，父母兄弟只是那么几个罢了。小节可以忍受，但是到了重大的决定，男人应该站起来，向他老婆说：“他妈的，闭嘴！”

后果当然不堪设想，但是一定要承担的。除非你已无能，不可以再找别的女人，不然的话，走就走，有什么大不了？奇怪得很，原来女人是绝对爱听“他妈的，闭嘴！”这句话。统治者爱权力，也欣赏权力的。

不过，我教你这一招不可常用。用得恰当，女人爱死你。

难于抗拒

男人做起事来，很美。

一部电影的导演，在现场指挥各个部门的工作，每个人都有问题来问，他在做决定时发挥出来的魅力，女人看在眼里，都要倾倒。虽然，这个导演，样子长得像一只老鼠。

女人也一样。

一个演唱会的统筹，灯光师打得不够理想，她纠正。麦克风出了毛病，如何补救等等。一个个的难题冷静判断，发出又准又狠的命令，这时，她也很美的。

我既不是一个导演，又不是一个统筹，只是一个家庭主妇，美个屁，女人说。

厨房是你们的现场，每天不同的菜，都那么可口，是第一步了。

带孩子出来，衣着整齐干净，对人有礼，已是成绩。

办公室中的白领，态度轻松，工作勤快，没有人会讨厌他。车头插了白色姜花与客人可聊几句的的士司机，也惹人欢喜。

人类只要有好奇心，总是好看。

举个例子，张艾嘉的祖母，七十多岁时来到香港，要我们带她上的士高，看完觉得没什么，直到去了无上装夜总会，她才啧啧称奇。

她一生中所见所闻无数，美好的东西，她都接收。学习过程中，她得到了智慧，像她把家里男人的旧领带都收集，一针一线，将一条条领带拼在一起，缝成一件烧菜时用的围裙，令人叹为观止。

另外一个朋友的祖父，什么东西都能修理，孩子们每个星期天盼望他的光临，把破烂玩具搬了出来，双手托着脸看他动手。

当然，古人说女子无才便是德这句话，非常迂腐，但也不无道理，少了一条筋的女人，嘻嘻哈哈的大笑姑婆，也非常愉快，懒洋洋地眯着眼看男人，也很难抗拒的。

公　子

要成为公子，很容易。追求明星可也。

长得八怪的男人都可变公子，有钱的话。

送汽车、房子，这对于他们父母的身家来说，就像你们的爸妈替你开生日会，请同班同学来参加一样，花不了几个钱。

但是，往往这些所谓的公子，眼光并不高。吃晚饭时，朋友带来了一个电视上半天吊的小艺员，便惊为天人，以为对方是莎朗·斯通或狄美·摩亚了。

从此，买花又送佛。对方也很容易地上手。要是她们懂得欲迎还拒的道理，就不会老是浮沉于二三线之中了。

经常带这些女子到Ball场（上流社会的派对），让八卦杂志的记者拍照。起初还沾沾自喜，后来看到别人的女伴是位艳光四射的大明星，便开始对身边这个不满了。

人往高处爬，必然道理。正当要去找人介绍一个更红一点的明星，一不小心，把小角色弄大了肚子。

怎么办？出掂煲费（分手费——编者注）搞掂？

没那么简单，女子哭得死去活来，说什么没有功劳也有苦劳。

更加上自己的父母求孙心切，只要医生扫描后决定是个男的，慈母就劝告：说什么也是自己的骨肉呀！

心一软，娶就娶吧。

但是，最好不要给人知道，太没有面子了。酒也不用摆了，公子的父母说，旅行结婚吧，到美国去一趟，反正那儿结婚又方便又便宜，何乐不为？

保佑上帝，还有狗仔队的存在，或者是小艺员通风报讯，终于见报，成为事实。

回来之后，Ball场照去。公子还是公子，登在八卦周刊一角的照片，一脸无奈。

老 鹰

又是一个通宵，望出窗口，天已发紫，还是一个字也写不出。

听到鸟啼，闹市中，还能有那么多生物，也是奇怪的现象。

天上飞着一只巨鸟，是老鹰。从来没有听过人家称呼老雀老燕的，只是鹰才叫老，就算雏鸟，也是小老鹰。老鹰真的是那么老吗？这只鹰，依人的年龄计算，多少岁了？

与其说它在飞，不如形容为滑翔，它的翅膀动也不动，随着气流飘浮，在这大厦森林中，要找到食物，可是不容易罢。虽说早起的鸟可以捉虫，但是我盯着这只鹰已经半个多小时，它还在飞，显然找不到猎物，会不会在今天饿死？

不，老鹰生存力强，它静观地下众生，能吃的东西应该很多，垃圾桶中充满抛弃的饭盒，老鹰不屑去吃罢了，怎会沦落到变成它的秃头亲戚？

很想跟随着老鹰回家，看看它有多少只儿女。纪录片中的印象，那群小鬼永远张开比头还要大的嘴巴，不断地吃，还是吃不饱。

家父也曾经笑说，我们四兄弟姐妹，就像那几张大口的小鸟。对这番话，印象犹深，老人家已享过天伦之乐，大姐大哥也各自成为祖父祖母，家父临走前抱过曾孙，安祥而去。

不孝有三，无后为大。我明白中国人的迂腐，责任落在我身上，也许会照办。但姐姐、哥哥、弟弟，各有两个孩子，我向妈妈说可免则免，老人家同意，我就不生了。

老鹰是高傲的，但被小鬼们追讨食物时，狼狈尴尬的神态，却惨不忍睹，绝对没有高翔的自在。它已从大自然屈居于城市，而城市，并不是一个抚养下一代的好环境。老鹰在高空俯视，下面的一切看得清清楚楚，应该也领悟，有没有小老鹰，已不重要。

一见如故

当踏入社会，朋友渐少，利益方面的相交并不代表知心。对对方的猜疑更是大都会人们的心态，所谓一见如故的情感，似初恋一般，不复在。

周华健是难得的朋友，我们认识至今只有一年多，但周围的人都以为我们已是几十年的老朋友。是因为我们的个性都比较开朗的缘故吧。许多价值观看得并不重，见面次数不多，但每回都能像十五六岁时，一谈聊至天明。

华健能作词，我不当他是个歌手，以文人待之。他的书读得不少，我们谈起古今作者，亦是乐事。

很羡慕他对音乐的才华，他除了文学之外还有歌曲。我却是不知音者一名。

我们同样生长在潮州人的家庭，但他在香港这个大染缸中，潮语是不必要的方言，和大家一样，只是粤语已足够。又因他去了台湾发展已久，用惯国语，广东话要经大脑翻译方能出口。有时，人家会发现不标准之处，所以没有把他当成香港人。

我则说什么语言都带个腔，但已学会用粤语思考，自觉比他流利。这点他也会承认。

不过朋友不是用来比较和竞争的，我们共同的想法是一种米养百种人，大家共存，这世界才好玩。

我们还有一个共同点，那就是把自己的努力当成是运气。能在工作上有些满足感的时候，都拍拍胸口，大呼好彩（运气好——编者注）。

华健现在的成就是骄人的，但他是那么的谦虚，他是一个会自嘲的高手，他爱讲的故事是：起初我来香港推广我的作品，到处碰壁。站在山顶俯望灯火时，向朋友说要是一天每个家庭都听到我的歌，那该有多好！我的朋友摇摇头说：在你的年纪，看起来，很难。

白吃男女

老友辛德信在文华酒店开画展。他的画一向挂在扒房外面，画展在文华举行是很适合他的。酒会五点半开始，有香槟及小点，每一张画都很精彩，但是印象最深刻的还是那对洋人。

男的光着头，留长胡子，女的一头白发，身材略胖，都有五十多岁。

这对男女是不是夫妇我没有问过，但是在各大酒店举行的酒会，他们必定出席。

不可能人面那么广吧？什么人都认识？为什么他们什么请帖都收到？

答案是他们为一对白吃男女。

在中午和傍晚，他们到酒店大堂去，看今天有什么宴会。通常酒店都会用一块黑塑胶牌，将白色的字镶在里面，写明某某人请客，在某某厅，方便客人寻找。

他们大概是找到了辛德信的画展招牌，就到来参加了。我们都知道他们是来白吃的，但也没去揭穿。

做白食专家也要有条件，男的西装笔挺，出门时是烫过的，可以从裤子的直条看出，女的一套长裙，出得厅堂。

要是有寒酸样子，就没有自信心来白撞了。听到他们和其他客人交谈，男的说认识女主人，女的说和男主人是老友，到底是不是真的，谁也没空去证实。

我们几个人去谈论这对男女，有些朋友不以为然，我反而觉得他们没做什么坏事，胆子也够大，应该让他们生存。

敬佩的是那个在欧洲白撞大派对的老头，他长得像贵族，还常和大总统一起拍照呢，现在已成为传奇性人物，要出自传。

走过去和这对男女谈天，他们心虚，回答了几句便溜走了，实在遗憾。下次遇到，要好好找出资料，把他们写在我的小说里。

郭锦恩

郭锦恩主持的《女人心》电视节目最后一集，请了许多嘉宾上场，她来电话，便答应和她玩去。

气氛搞得很热闹，她将离去，有点伤感，但始终没有哭出来，是件好事。哭了就婆妈，不像郭锦恩的洋妞个性。

第一次她来嘉禾见我，大骂香港电影界。气焰之嚣张，迫人而来。我笑嘻嘻地看着她，回忆自己刚从外国返港批评电影界的态度，和她一模一样，十分滑稽。

是的，香港是一个大染缸，但能漂出一匹漂亮的布来。要是当年依照郭锦恩的意思去做，让她一来就当导演，所产的片子，一定惨不忍睹，因为她还没有人生经验，所描写的角色一定轻浮得很。

一下子就七八年了，她在这圈子中打滚，终于出人头地，又写文章又主持节目，累积下来的经验，用在拍电影上，绰绰有余。

现在已有人投资，她可以专心导演她的作品，我们都祝福她。

担心的是她已结识了一个鬼佬男友，打得火热，不知道会不会放下一切，结婚而去？

不会吧，她没那么傻。

我们见过不少这种年轻的伴侣，十九分开的，她和男友，将来也不例外吧。希望我们是猜错的。

一般人的印象是她在节目中，言论十分大胆，以性爱为主。其实性只是一小部份，对人生的喜怒哀乐，分析得很详尽。台北也有同样的节目，由黎明柔主持，也很得人心。黎明柔谈性也不多，女孩子嘛，别人总想到歪处去，只能怪自已长得惹人喜欢。

小强道

台湾的出版界友人组织了一个“强盗会”，强迫会员一定要爬上阳明山，周末一齐吃饭，不到者罚款。大家都不去，剩下一个去的话，这个人也要被罚款。

“为什么？”此人问。

其他会员说：“众人皆醉尔独醒，罚之，否则怎么叫强盗？”

因为是出版人，都有点文化，后来有人说强盗的“盗”不好听，就改为强“道”会。

强道会的旗帜是一个骷髅头骨，下面为一本书。

要增加会员真不容易，大家都怕被罚。所以，其中有一位最近生了一个儿子。会员大乐：“可做小强道也。”

这个儿子在满月时，强道会在山上的餐厅大宴客，当成入会仪式。

真替这位宝贝高兴，一生下来就有那么多的叔伯抢着来当师傅，有点像武侠小说中出现的情节。

间中有客串者，那是外地文化界的朋友来到，会员请吃饭，但他们也得过给这小子几招，当成礼物。

小强道长大后不愁没书看，这群师傅出版课本、小说、诗歌，有的还开书店以及生产音乐CD，应有尽有。

最怕是长成一个小叛徒，不肯读书，那就要愁死各人。所以会员意见纷纷，说是否大家努力，回家和老婆大千三百回合，接着来一个小女强道陪伴他读书。

同行其实不必相轻，工作之余有此种乐趣，等于享受人生，非常羡慕这群强道。他们在山上吃的菜，都是附近农田种的，清淡之中变化多端，吃完大伙儿还一起跑去浸温泉，抛去衣裳，赤裸的师傅们抱着小徒弟，嘻哈之声不绝。

林清玄事件

林清玄曾经当过报馆主编、主笔，得过许多台湾文学奖。最近十年，致力于佛教文学的创作，出版了多册婆婆妈妈的佛学书，受读者的热爱。又录制《打开心内的门窗》的录音书，卖个满钵。

问题出在他和太太离婚后即刻娶新欢，而这个妻子又是大了肚子。计数日子，呀哎不得了，是离婚之前的好事。

台湾读者好像受了骗，非清算他不可，本来订购了他的新作品，现在都要退书。

刊登他文章的杂志主编也弄得焦头烂额，因为读者分两派，一派支持他，一派反对他，杂志社要留他写也不是，炒他鱿鱼也不是。

林清玄的发妻出家了两次，又还俗了两次，再加上自杀四五次，不是神经病是什么？

离婚本来是无可厚非，但是反对他的读者说：“怎么可以先斩后奏呢？”

支持他的人说：“林清玄也是凡人，这种事应该以平常心对待。”

但是，反对者说：“林清玄给大家的印象已是佛学大师。他不可以那么自恃清高，劝导人别做坏事。”

唉，台湾还是一个闭塞的社会，太多理直气壮的家庭主妇了。她们要林清玄牺牲老命，才能息怒。几位出版界的朋友替林清玄算一算，那么多作品和录音书，加起来至少也有三四千万港币。算了吧，移民到加拿大去，三世也吃不完，何必留下来和八婆斗争？

比较林清玄，还是我这种嬉皮笑脸的糟老头好过一点，整天教人做坏事，自已练成百毒不侵的身子，不怕给人家骂。好在香港读者开通，能容纳我，真是谢天谢地。要是都学台湾八婆，虽然钱可赚到，也要移民了。

五块钱饭菜

在台湾，写文章的人都认为收入不足，纷纷到电视台主持节目去。

李敖做了一个叫《李敖笑傲江湖》的，口说比笔写，钱赚得快。“笑傲江湖”这四个字不知是否应该付金庸先生版权费呢？

吴念真也设立了一个制作公司，一个星期为电视台拍一个小时的记录片，到台湾各地去找一些特别的人物和奇怪的故事，吴念真又会写剧本，拍得又好，很受欢迎。吴念真三字名声大噪，我在台北时到七十一购物，听到电台广播他卖洗头水的广告，赚个满钵。

其中一个片段，是介绍一位在高雄搬运码头的奇女子。

这位太太也出身在码头，人很精明，记忆力强，小钱赚大钱，平步青云。

好了，有了钱，当然要回馈，这位太太在码头旁边开了一家餐厅，特色是每种菜都卖五块台币，合一块多港币。

高丽菜炒肉片五块，炸排骨五块、苦瓜汤五块、煎菜甫蛋五块，白饭任吃也是五块。工人们只要花五块钱菜钱和五块钱饭钱，便能饱饱地吃一餐。豪华一点，一菜一汤一饭，也不过是港币五块。

当然这是要赔本的，这位太太，开店到今天，已卖去七栋楼，才够钱贴。但她不在乎，继续卖她的五块钱饭菜。

吴念真去将整件事拍摄，记录下来，太太本人不想出风头，不肯上镜，拍不到她，真是可惜。

只有找到她的儿子做访问。

“请你不要再介绍了好不好？”儿子说：“客人更多，又要卖屋子了。”

问他对母亲做的善事有何感想？

儿子回答：“天下间，只听过败家仔的，想不到我们家，出了一个败家妈！”

摄影师

时有记者来访问，尤其是近九七，各地从业员云集，邀见面的愈来愈多。

惟有约于办公室，对方迟到或忽然有事不来，亦不影响工作。开门欢迎，男男女女，记者的种类极多。有些较为顺眼，我多谈几句。对方态度嚣张，也就敷衍了事，尽早送客。来者必有摄影师随从，单单看他的质素，就知道斤两有多少。

带了一大堆摄影器材，然忘记一两样的也不少。有些当菲林（胶卷——编者注）是宝，又关窗又开灯，才肯拍一张，实在好笑。当今底片是最便宜的东西，摄影师应该像用餐纸，撕完一张又一张，绝不是问题。

当然，好的摄影师看准目标，只要拍一两张即可，但是这些人显然地不是大师级，这里犹豫一阵，那边迷惑半天，近于白痴。

有些还拚命地把我后边的东西摆了又摆，我向他说："要是看清楚后面的东西，就看不清楚我的人了。"

其中也有很标青的摄影师，像一位常来香港的日本人，叫菊地和男，他到"镛记"去拍皮蛋，把皮蛋拍得像一斤两头的鲍鱼那么大，中间溏心欲溢，充满整个画面，技术高超，非一般摄影师能比。

摄影师又常喜欢叫我笑一笑，我笑个老半天，他还是按不下快门，等到我的脸皮僵掉，他即刻一闪拍了，出来的结果和身份证那张东西一样。

最低能的摄影师，是叫我站着，一脚踏上椅子，一手叉腰，另一手托着下巴，又不是默片时代的明星，搞什么鬼？我一向做幕后工作，答应自己有一天站在镜头前，一定听摄影师话，但遇到这种人，我忍受不住，一定要把他撵出去。

第三代传人

接到一条小百合的来信不久，她本人储蓄够钱，跑到香港来小住几天，拚命学广东话。

我这一阵子忙得要死，只能在公司和她聊了几句。

“还到处表演吗？”我问，小百合已经近四十了，但状态还是维持得不错。

“唔，”她说：“不过我也想过退休。”

“找不找到传人？”

凡是一代宗师，日本人有袭名的习惯，像歌舞伎等。脱衣舞娘，亦是如此，永远让名字活下去。她本名荻原，一条小百合轮到她，是第二代，她要物色第三代，才对得起老师。

小百合摇摇头：“那么多新人之中，只有一个还有点潜质，她今年才二十岁，人长得漂亮，又有气质，在舞台上，观众永远不会想像到她是脱衣服的，可惜她……”

“可惜什么？”我已等不及地插嘴。

“可惜她不能接受蜡烛！”小百合说。

“蜡烛？”

“唔，”小百合解释：“先师的艺术，最高境界，是用几十枝蜡烛，烧红了滴在肉体上，令人看了叹为观止。她做不了，不能传她为第三代。”

日本人真是古怪透顶。

“她也有专长,”小百合说:“她能把小铁环穿在身体的各部份,像印度人穿鼻的那种铁环。她乳首各穿一个,肚脐一个,下面两个。手脚都有,上台表演的是用很细的钢丝套进环中,把整个人吊起来。”

“咦哟!”我说:“那么恶心!”

小百合若无其事地:“灯光打得漂亮,她本人皮肤又白,像天使那么纯洁,又带诱人的邪恶,刺激得观众拍烂手掌。唉,但是她太年轻,是不能学到什么深奥的舞技,只有被吊着飞来飞去啰。”

半桶水

九龙城的小贩，常被我眼光光地盯住，要是普通人一定心中发毛，但他们见惯不怪，对我这个疯子不瞅不睬，埋头干活。

今天又去看他们劏鱼。

小贩拿出一尾十几斤重的大石斑，用的刀是长方四角形的，在鱼头上一刀、颈部一刀，便把整个头卸下。

刀的顶部打得很厚，方便下刀时用另一只手着力敲之。本来以为他尽可一刀完成，但为什么要使两刀呢？

原来两刀的作用是来保存连接在鱼身中的喉管，当他用两刀把鱼头斩开拉出，便不会把这条喉管切断。而这条喉管就是广东人所谓的“扣”，用来焖苦瓜，是第一流的菜式。

再用刀尾的尖处割下鱼腩，中国刀能完全利用，是西洋刀做不到的。肚腩部份切下后扔掉内脏，但是要保留连在腩肉上的一颗小心脏，才是最高的技巧，古老鱼档中要是客人见不到这颗心，便看轻卖鱼的师傅。

切下鱼腩后，鱼成尖形，并不美观，小贩再整齐地来一刀，把鱼肚部份的肉切平。整条石斑只切头、腩和连着腩那三部分，剩下的鱼身要依客人的要求分割，比方说要炒斑片的话，小贩便会把左右边的肉起了出来。起肉功夫更是完美，连骨部分要留的肉太少也不行，不然骨部分一点肉也没有，啃骨头时便不完美；太多的话，鱼肉的斤两便减少了。

小贩不但是劏鱼高手，而且要兼当化妆师，他将鱼身一挤，取骨头切口处中淌出的血液，抹在鱼肉上，以显鲜度。

小时读过庖丁解牛的课本，现在亲眼看到小贩劏鱼，实在叹为观止。熟能生巧，虽然只看到皮毛，也买了一尾回家依样炮制，能学到一二分，变成半桶水，也比没一滴水好。

制秤者

九龙城侯王道和衙前围道交叉的地方,每天有个老头坐着,是位制秤者。

已经有盘子秤,有的更是电子计算,但是小贩们还是钟意杆秤。

秤是用造船的木头磨出来的,非常硬。杆上有秤星。秤钩是重点,秤毫是支点,支点和重点的距离是固定的。秤锤是力点,可以移动,秤杆平衡之后,从秤星上可以知道物体的重量,简单的一枝木头,不占位子,是个伟大的发明。

老头子先用绳钻在杆上钻了很多小洞,然后一手拿一条很细的铜绳,一手拿剪刀,把铜绳插进洞里,剪断,再用小铁槌敲深,最后用把锉把铜绳的头锉平,便成为秤星了。

那么一点一滴地勤劳工作。每天能做多少把秤呢?我问老头。

微笑着回答:"一天做个两三把吧。有几百个洞要填满,已经头昏眼花。"

坐在老头旁边的是另一个长者,打开报纸读马经。两人对坐,一个小时才交谈一两句。

"你们认识了多久?"我问。

"几十年了。"刨马经(读马经的意思——编者注)的老人说：“要讲的话都已说完。”

“你是干哪一行的？”我问马经老头。

“什么都不做。”他指着制秤者：“我很佩服他，他还动得了，我就不行了。所以我每天来陪他，免得他闷。”

制秤老头望着我，像在衡量我的一生，我给他看得周身不舒服。

“你怎么不移民？”他忽然问我。

“香港好呀。”我说：“这里住了那么久。要看医生一个电话，要找律师一个电话，什么都通，到外国去，找谁？”

制秤老头点头同意我的说法，对刨马经老头说：“你不是我的医生，也不是我的律师，你一点用处都没有，就是肯陪我。够了。”

物

夜香花

昔日家中花园的那棵夜香花，记忆犹新。

妈做得一手好菜，父亲贪玩，在冬瓜上面雕刻立体的书法，龙飞凤舞的图画，密密麻麻地，看了简直不能相信自己的眼睛。

冬瓜盅的主要材料，少不了撒在汤上的夜香花，这工作便由我们这群小鬼担任，挑选得精细，只采恰好开放的蓓蕾，花萼葱绿，花瓣略带黄色，用清水冲了又冲，洗个干净。

瓜中放的有鸡肉、瘦猪肉碎、干贝、螃蟹钳肉、鱼肉、银杏等等，花菇和虾米则要先行浸透，切丁后下。汤底预先把猪骨和鸡骨炖好，取其清澈如水的汤汁入瓜再炖之。

最后下的是金华火腿丝和夜香花。

父亲见采完花无事做，便叫我们把鲜虾肉剁碎后放进石臼中舂成肉酱，再酿进那娇小玲珑的花中。虾肉里要多放一点盐，再也不加其他材料，就此铺在豆腐上面蒸之，又是一个简单又好吃的菜。

但是，当年并不觉得父母手艺高超，只知道好玩，反正这些东西随时可以吵着要双亲做来吃，并不是什么很特别的事。

现在很想重现这个单纯的乐趣，父亲已仙逝，妈妈已经懒得下厨。我们这群小鬼，除了我，大家又有一群小鬼，而且有的小鬼又生更小的小鬼，长大后也只会吃麦当劳罢。

原先住的老家，已搬到另一处，最后才来到这个新家，也已是三十多年的老老家了。

花园里，还是种满树木，但是搬家时没有把那棵夜香花移植过来。现在站在门口望去，依稀听到儿童的欢笑，冬瓜盅的形象愈来愈明显，清楚地看到大家围着餐桌吃饭。天晚，夜香花的味道，是那么的浓烈。夜香花和我，何时老过。

含笑花

九龙城“张贵记”什么东西都卖，从蔬菜到酱油，门口还摆着数盆花卉。

过年时，大姐张惠婵送了我一盆兰花，那几天空闲，练完书法就写生，梅兰菊竹，写字的人都会几笔。

今天走过，见有一株含笑，买下捧回家。我好花，有香味的更喜欢。含笑味浓，并非我至爱，购它主要是来怀旧一番。

第一次接触含笑，是插于奶妈头后的髻，一插便是两朵，当年她只有三十出头。

对这朵香得醉人的小花，我充满好奇，仔细看，作橄榄形的椭圆状，也有些是倒卵形，常不满开，花瓣呈象牙黄色，又有的是染红紫晕，花衣深褐色，有细毛，像块天鹅绒包着花蕊，产于中国南方。

有些花能够提炼为香水，像玫瑰或橙花，有的不能，姜花等太过清淡的便做不出来。含笑花可提出芳香油，至今还没有人将她做为商品，我要去找国际香料公司的老朋友，看看她们是不是可以做一些让我试试。

含笑花开于初夏，香港天气较热，现在是最盛开的时候了，若有兴趣不妨买几盆摆在家里，数十元便能购入，真是可怜。

不知道大陆盛产含笑的地区在哪里，很想去看看。潮州福建一带应该很多吧，如果花农把她们集合晒干，倒是可以拌于茶叶，创出另外一个味道的茶种，不必每次喝茉莉香片那么单调。愈想愈可行，明天上福建去。

含笑很奇怪，一早和深夜间，并不香，但是一到下午三点至晚上九点，老远就被她的浓香吸引。

有些人说她的香味像香蕉，我不赞同。含笑是独特的，她代表了我的奶妈，奶妈是独特的。

补　鞋

经过意大利Bologna，订制了一对皮鞋，从此爱上Testoni的产品。

这双皮鞋补了又补，穿了近二十年。

我很喜欢看补鞋匠工作。靠近他，先闻到一阵牛皮味。最初遇到的，挑着个担子，前面的竹箩中插着一片大牛皮，后面是工具箱：一个铁砧，一柄羊角锤，还有大型剪刀，和一把三角形的利刃，有个木柄。

鞋匠割开牛皮时，是拿这把刀向前推的，先切下一个雏形的鞋底，拼上鞋身，修至完美，再用刀割出一道深渊，缝上。不用牛皮胶，是鞋匠的自豪。

后来，再买了Testoni制造的Dinamico系列产品。鞋身的牛皮虽粗糙，但不可思议地耐用，鞋底用的是一种合成的塑胶料，磨不灭似地，可穿上一生一世。

最讨厌运动鞋，但是出外景时要爬高爬低，就要完全靠DINAMICO了。这对鞋陪我走遍印度，又踏在墨西哥的沙漠。晚上当地主人宴客，只要添点鞋油擦它一擦，又是一对上得场面的皮鞋。

因为永不磨损，该厂索性在鞋跟处印上他们的字号。不过像我的穿法，也将鞋跟穿烂了一半。

拿到鞋匠处去补，他摇摇头，说此种混合胶料不能打钉，也缝不上线，无法修补。只有拿回卖这东西的铺子，店员点头，说前后要四个月。耐心等待，今天拿回来，大喜，像一对完美的新鞋。连运费、修理费只要三百八十块港币。又可粗暴地用上十年八年。

我仍然爱穿可以修补的那一对。绝不光顾地下铁站的新式补鞋公司，虽是愈来愈难找，一定要拿到老鞋匠处去补。亲自监督，双手托着腮，看他一针一线地缝，并非不相信鞋匠的手艺，只想勾起童年的回忆。

找人器

我用的那辆三菱车，里面有个电视机，显示方向，在香港派不上用场，但是若在日本驾驶，一按目的地，经人造卫星，便能把各地地图上街道搞得一清二楚，教人用最短的距离去到那里。

现在，有一个日本人利用这个系统，把车上的机器搬进手提电话里，那么要找一个人，便无所遁逃。另一方面，这个人要找方向，只要打电话到总站，接线生就会详细地解释给你听要怎么走才是最近的。

其实这个方法早就用在挖隧道的工人身上，以防他们被泥土淹没。

此系统发展开去，边界的军队、城中的医院都能得益，尤其是患痴呆症的老人，绝对不会走失。

如果是用在汽车上，这个数码系统重至七百克，但是装进手提电话里，只有四十克。在携带上不会增加太大的麻烦。

当然，问题会搞到人权身上，但是如果你把手提电话的找人系统关掉，只有你找到地方，别人不会找到你。

发明这个系统的人叫小岛弘树，他从前是在松下电器集团中做工程师的，他说替别人打工是不会发达的，只要自己有原创性，便是成功的捷径。

而且，日本政府有个部门是奖励新发明的，完全行得通便可以得到资助。别人一听到政府批准你的资助就抢着买你公司的股票，小岛向亲戚筹到四千万日币，合二百四十万港币开了一家小公司，两年内收入增加十倍。至二〇〇一年，他的公司会变成几十亿。

“公司要派我去海外当经理，我妈妈病了，走不开，才想到出来自己做。”小岛说：“把主意卖给大公司当然好，但他们不会拚了老命去发展。”

Habanero

Habanero的字面意思是“从夏湾拿来的”。但是原产地应该在墨西哥东南部之一半岛，叫犹加敦，从什么地方来都好，她是世界上最辣的辣椒，毫无疑问。

一般人吃的辣椒叫Jalapeno，是世界上最流行的一种，而Habanero要比Jalapeno辣出五十倍来。

辣是一种感觉，只能用比较来计算，如果我们从一到十去数，泰国的指天辣只能得到六度，而Habanero是十。

菜市场中买来的酿鲮鱼青椒的椒，辣度连一都没有，只得个零。

现在澳洲人把这种辣椒移植到昆士兰省去种，叫辣椒花园（The Pepper Garden)，地址是：Lot 14 Royans Road, Gin Gin Qld, Tel:071 - 574 - 396。

如果你只到墨尔本，那么可以去维多利亚菜市场的307—310档，一家叫Prestige Produce的去买，零售较贵，买一盒一公斤装的，只是十块钱澳币，合港币六十大洋，已经有一百多粒，辣死人也。

每一个Habanero有小荔枝般大，直径为一英寸左右，生的时候是草绿的，慢慢转为橙黄，最成熟时则呈鲜红色，老一点便变深紫。

夏湾拿的气候应该和香港及新加坡很接近，要种这种辣椒绝无问题，我上次走私了一些种子回来，养在阳台中的盆栽钵中，也收成过几次才枯死。加多利农场可以大量移植，是一门生意。

Habanero已在全球流行，美国人生产辣椒酱，也少不了她。一个严重的警告，切完Habanero后绝对不可以不洗手就去小便，否则小鸡鸡将连肿两个星期不消。

和　服

很少国家像日本人一样，有保存古代衣服的传统。

和服，在日本常见。我们小时候看到，笑说日本女子喜欢挂包袱，皆因她们在身后把带子打成一个四方形的结，像个书包。

别小看这条带，港币一两万，是一般的价钱。身上的那件和服，更贵了。

是的，主要原因，是这件和服加上其他配件，是很贵很贵的一样东西。贵东西好好照顾，一代传一代，理所当然。

中国人迷信，说什么穿死人的东西不吉祥。日本人不信邪，家中要是有一件好的，当成宝贝，能够穿上，引来多少羡慕的眼光！

但是祖先和子孙身材不同的呀。妙就妙在这里，日本人的衣着设计非常合理，一般总是做得很长，穿时提高到露出脚的长度，多余部分折叠在腰中，再用那布袋式的带子一缠，高人矮人，都能穿同一件衣服。

万一弄脏了，需要洗濯，也很方便，把整件和服拆开来，便是一匹匹的布，洗了之后又缝起来也不难，不然请师傅帮助，也不花多少钱。

男人穿的和服，贵起来也要一两百万日元，合六万三到十二万港币一件。最普通的万多块也买得到，都不是年轻人付得起的价钱。所以男人和服的设计较适合中年人。中年发福，有个小肚腩，那条带缠起来就在这小肚腩下面的部份。肚腩的部份微微胀着，非常优雅。年轻人穿祖先的和服，补救方法惟有把一两本书往腹部塞去，才较像样。

质地好的和服，不必拆开也可以洗了再洗，我有一件是著名导演岛耕二先生送的，一穿穿了四分之一世纪二十五年，目前已经残旧，在寒冷的冬天，夜间起来写稿，披它一披，舒服温暖，是我得到的最佳礼物之一。

Zaurus

来日本公司，为补偿身心之付出，替自己买个玩具来消遣消遣。

Zaurus 电子记事簿我一向用开，多年来已换了好几个，以光学通讯系统，可将从前记录下来的资料送到新型的记事簿，上一个当成档案保留，更旧的那个就扔掉了。

最新的一型是 M1 - 10DC，最大特点在于有一个数码摄影机连接在记事簿内。

用法很简单，比方说去一个食品展览会，拍下各类食物，用手写笔在画面上做笔记，接上手提电话，一按钮，便能传真到世界的各个角落去。这个电子记事簿的画面和以往的不同，有个六万五千色表现力的液晶画面，一切用彩色记录、输送。摄影机能够拍下九十张照片，并可记下一段二十秒钟的录音。

通过手提电话，也能搭上国际网，传出电子函件。将资料存进公司和家里的电脑里面，或相反地找出。

清书机能也有趣，用手写记下，转成打字字体印出，但这种功能只限于日文，更新一型才能用于英语，中文什么时候才出现？则遥遥无期。

用这架东西来设计今后要做的事，画面的一角先出现这一个月的三十一天，当日闪亮着，另一角记录要紧的事，再一角是从早到晚的约会表。重要事件依程序出现，先做些什么后做些什么，一清二楚。当然，有个秘书为你输入，才省时间，自己动手，那么麻烦，已不值得。

旧型机中有的，如查字典、世界时间、计算机等原始功能还是保留。现在这个还嫌比旧型大一点、重一点，但是再下去的新一代便会变得更小，等出现了再买观念很落伍。电子玩意儿，一面市，已落伍。要等的话，永远不必买了。

死鸡活鸡

大雨。

跨水到钦州街找吃，听说有家叫“福鸭肉扁”的，是不是和台北那名店有点关系？非试不可。

因水淹，或太早，未开门，便在附近走走，深水埗一带，并不常来，也没原因要来。

鸭寮街两旁摆满摊子，特色是卖电器，喜欢玩音响或电脑软件的人，都来这里捡便宜货。当今，销得最多的是“他妈个池”（电子鸡宠物——编者注）。

真正的小鸡倒没看到，其他的模仿品目不暇给，已经有龟、狗、猫等等宠物的电子游戏机，每个售价约百元港币。

恐龙应该是继小鸡之后最受欢迎的吧，由第一代至第四代。新货一出，原本那个好像感到十分厌恶，落伍到羞耻的地步，恨不得即刻丢进垃圾桶中。心情变化之快，令人感叹。

“只剩下四个。”小贩说：“有些不熟的客人来求我，我还不肯卖呢！”

“到底是什么东西？”我问。

“真正的他妈个池呀！”他说。

“要多少钱一个？”

“三百多。”小贩说：“包你是真的，买不买？”

刚刚去了大阪，原装货在那边也炒得三万日币，合港币一千八百块，这里的三百多，怎么可能是真的？

冒牌就冒牌，做得一模一样才叫冒牌。这里卖的，外壳颜色已改掉，好像是这么一来就不会被人告似地，真是好笑。

“别失去机会！”小贩再次推销。

我摇摇头向前走，另外一摊，摆满了冒牌他妈个池，岂止四个？要一百个都有。

充满爱心的小朋友，买只活生生的小鸡去养吧。在菜市场中见到，才六块钱，但千万别当成游戏，任何一条生命，都可贵。

BVD

所有的白色T恤之中，BVD制造的领子最漂亮，别的厂家绝对模仿不了。

都是圆形的领，圈了一圈罢了，有什么了不起？

不同就是不同。那圈圆圈不大不小，刚刚好地凸了出来，其他人家的有些和衣料一样厚薄，就不对劲了。

BVD牌子的T恤，怎么洗，领子也不会扩大或缩小，完美地束着，穿的人不感到太松或太紧。

最近在书店中看到一本很厚的图片书，专集来歌颂这件白色T恤。翻开来看，拾起不少回忆。

穿得最出色的是马龙·白兰度，他在《欲望号街车》中的反叛形象，深入民心。之后的一些电影里他都穿白色T恤，外面加一件皮夹克，扮演飞车党。

有一个小缺点是马龙·白兰度穿起来，白色T恤给人感到脏，像不太洗濯，全件T恤浸湿了汗水。

穿得最飘逸的是詹姆斯·迪思。在《阿飞正传》中，着西装也是这件BVD，牛仔裤和大红夹克也是BVD。传记照片中，常见他在现实生活里也爱白色T恤，不只是戏服。

我一穿BVD，至今也有数十年，脱不掉，当它是汗衫，把它变成睡衣，已是我身上的肌肤的一部份，不穿便着凉，伤风感冒，实在神奇得很。

在美国的大百货公司中，也很难找到BVD的产品，这家公司一度和台湾制衣厂合作，于当地生产，现在大概是拆伙了，也许原厂已在美国倒闭。台湾厂还是挂着BVD招牌出品，每次到台湾总买几打回来。久不去时，惟有托亲戚购入。

永远的BVD，万岁！

鞋 子

张小娴写了一篇叫《暴雨下的鞋子》的，说在街头有个奇景，一个男人为了保护脚上的那双鞋，竟然让那个看来是他太太的女人背他涉水而行。

至于为什么不能浸湿那对鞋？小娴的推测是：一、穿新鞋见工。二、借的是友人的鞋。三、唯一一双。四、这是一对幸运的鞋。五、是双穿上就脱不下的鞋。

但无论什么原因，这男人四肢健全，为了不足三百大洋的鞋子给女人背，小娴说应该请他把这对宝贵的鞋子吃进肚子里。

西洋人有一句：一个铜板有两面花纹。我的观点和小娴不同，说出来给她参考。

首先，要是背的是女人，便不成为奇景啦。这也是怪事。当今女权分子高调，就让她们试试背男人的滋味罢。

那五个理由也不成立。一、香港社会失业率为全球最低之一，东家不打打西家，粤语残片里几百个人排队求一职的日子已过去。二、既然是三百大洋一对的鞋子，不至于搞到去借的地步。三、也许是唯一一双，但弄湿了可晒干呀。四、幸运的鞋？我还以为灰姑娘才拥有。五、脱不下的鞋，这是小娴的笑谑，天下没有一双脱不下的鞋。

我看这情景，直接的反应是：一、这个女人爱他爱得要死，这是唯一她能表现的机会。二、女人说你别以为力气大，我比你更大。三、这女人在前一天和男的打赌赌输了，男人可以作无理要求一个。遇大雨，男的说：我一生给你欺负够了，背我过去！四、小娴没说这对男女多少岁，若是年老夫妻，太太偶而为丈夫做此等事，亦不怪，我妈妈就曾背我爸爸的。五、可能是那男的说：你背我过去，我就娶你做老婆。女人为了想出嫁，什么事都肯做。何况只是区区的背一次男人？结了婚，再秋后算帐！

悦　目

很同情住在没有四季之分的地方的人。但是变化少了，可能人会单纯一点。

香港的春夏秋冬虽然也不分明，冬天也不下雪，不过可以由树木来分辨，只要对花草有点研究，趣味增加了许多。

还有一个方法是往菜市场走，由蔬菜种类的不同，感觉换季。现在是瓜类最肥美的季节，菜心芥兰已老，也不甜，还是吃瓜好。

忽然出现了一批大冬瓜，肥肥矮矮地，非常可爱，一斤也不过四元，买回去加点菜甫煲汤，最简单的一味，也是最清甜好吃的一味。

丝瓜节瓜和刺瓜炮制方法略同，因为本身味淡，加以虾米来蒸炒最妙。瓜类煮后会出大量的水分，以此当汤来喝，也鲜甜无比。

瓜类和冬菜配合得天衣无缝，煮瓜的时候别忘记买罐天津冬菜，抓它一把加进去，什么酱油、盐或味精都不必放了。

如果嫌汤汁太多，则可用粉丝吸掉，瓜和粉丝也是夫妇档，互相补助。

和瓜类同时出现的玉米，又肥又甜，拿去斩件煲汤最佳。如果家里没有烧烤的设备，则在炉上铺上摺叠着的锡纸，就烤将起来，等到微焦，用支刷子涂上酱油，已是绝品。要考究一点可以添大蒜茸、辣椒酱和虾膏，味道更是错综复杂。

另外当季的是茄子了。茄子的种类真是数之不清，我喜欢较为肥胖的深紫色茄子，当中剖开，蒸熟后另炒肉碎和肉酱淋在茄子上面，是道好菜。要不然把瘦长的白色茄子煮熟，剥皮，加蒜茸和酱油，美味也。

谈回瓜类，此时小贩卖的通常连着一朵黄花，虽不香，但姿态美妙，买几个带花的瓜，放在书桌上观赏，不必去学月流之类的插花艺术。艺术者，简单悦目也。

地

九龙城街市

九龙城街市，是政府的德政，供应小贩一个头上有盖的地方做买卖。

楼下有卖鱼和蔬菜两个大项目，穿插在其内的有专门卖贝壳类的摊子，从潮州来的生蚝、青岛运到的中型象拔蚌等等，新鲜肥美，还有一摊草药，卖货兼治病。另一边水果摊林集，各国的输入品随季节更变，只要稍为留意，便能由水果中看出春夏秋冬。

二楼卖肉，猪羊牛之外还有冷冻食品，各种配料用的杂货摊子。专卖咸蛋的太太，粉面及云吞水饺皮等，并有一家很出色的烧腊店，能做批发。剩下地方卖衣服、鞋子及日常用品，奇难杂症的修补，也有专家代劳。要买玉器也有，还能发现一把古时候梳蚤子的发蓖。

三楼主要的是民生设施，有运动场和图书馆。何嘉丽和我曾经在这里比赛过羽毛球，本来我的球艺尚可，但年龄关系，三场下来，差点要了这条老命。

最后要提的是运动场旁边的熟食档，这是我一个星期去几次的地方。一进门是乐园茶餐档，他们一家人和我已是老朋友，生活习惯被摸得清楚，不用叫也知道我要些什么。隔壁的马仔面档也好吃，再下去是间小泰国馆子。

正对面另有一家面档及茶餐室，夹着中间的是现做现上的肠粉及粥面，兼卖油炸鬼（油条——编者注）及各种点心，由杨余存兄一家经营。

这几天大雨，屋顶漏水，影响生意甚大，问各位友人为什么不叫市政局来执漏，他们回答已经叫了三年，没反应。

也许只是口头的要求，相信只要每个星期写一次请求信，市政局会记得。中国人的毛病，就是不太肯用文字记录下来，做个案底，引致口说无凭。这个工作交给像我这种师爷去做吧，免费。

想起柔佛

已经有很久没到过柔佛了。

这个离新加坡最近的马来西亚州，只要跨过一条长堤，便能抵达。她的电影检查制度较为松散，小时候跑去看了许多禁片，像朱士·达山导演的警匪片《烈菲菲》等。

读小学时有位女同学，她的父亲做鳄鱼皮生意，愈养愈多，皮革输出日本，成为鳄鱼皮大王。这位世伯后来干脆在离东京不远的草加设厂，为鳄鱼皮加工。

当年的草加是块不毛之地，以卖烧饼著名。所谓的烧饼是一块块烤得极硬的东西，涂上酱油，包一片海苔、再焗它一焗而成，咬起来，一不小心，牙齿剥脱数个。日本人很喜欢买它来当礼物，香港人接触到，嫌草加两字难记，就那么"草饼"、"草饼"地叫起来。

那位世伯把草加的厂卖掉后在柔佛投资地产，建屋来卖。一度曾经遇地产生意不佳而濒临破产，后来地价又起，从鳄鱼皮大王变为柔佛州的李嘉诚。

重访柔佛，友人指着世伯的产业，我不知道他本人是否在世，没去联络。

还有一位当年一起在日本留学的好友李秀忠也在柔佛，他娶了一位能干的太太，亦做起地产生意，一面也为他生了好几个孩子。

印象最深的，是螃蟹。柔佛的螃蟹便宜得令人发笑，大杀几斤，只是一顿在新加坡吃海南鸡饭的价钱。螃蟹的肉非常饱满，那两只钳，打碎壳后挤出一倍半的肉来。

用螃蟹炒酸辣或咖喱，吃时喷得满脸是汁。但前前后后我只吃过这么一餐，为什么老是记得，而第一个女朋友的容貌，已经消失？吃，还是比女人重要吧，我想。

黄金周

日本每年的五月初，一连放假好几天，加上星期六和礼拜，成为所谓的“黄金周”。

在黄金周到东京去，很好玩。天气为干燥的二十四度，最适合人体。再加上放假所有的人都往外跑，东京空荡荡地，没有交通阻塞问题，到任何一个角落，只要半小时的车程便能抵达。

这次重游，又正遇黄金周，但是车辆多，人多，和普通日子一样。

为什么？今年的假期与周末重叠，日本只休息三天，而且由四月一日起，消费税增加至百分之五，本来就已经很穷的平民，大喊不够零钱用，还谈什么海外旅行呢？

去香港的游客减少了百分之九十，留在本土的，也只是早上驾车到郊外走走，晚上回来，没钱住酒店过夜。

所有的观光温泉区都冷冷清清，经营者说今年的生意已跌到见底，如果明年更差，就要关门大吉了。

大人节省，连小孩子也受影响。迪士尼乐园为了应付黄金周，设了许多新玩意儿，但已经不见游客排长龙，生意和平日一样，没有特别地好。

黄金周出现了所谓“早、安、俭”的现象。早，日语用成快。快去快回。安，日语用成便宜，愈便宜愈好。俭，则是与汉语同样的意思，不用赘述。

暴 露

在日本还有一件很过瘾的事，那就是到处可以看到香烟广告，电视上也不停地播放。

大明星高仓健的金刚般大肖像，挂在大厦墙壁，口含一烟。荷李活巨星，也被不惜工本地请来吞云吐雾，日本是一个极情鼓励人民抽烟的国家。

广告的结果并无遗害健康或致癌一类的字眼，代之的是二十岁未满，禁止吃烟。

受到周围人物和广告影响的青年，说也奇怪，很少看到他们抽烟，大家乖乖地等到二十那年的成人之日，才试第一口。

喜欢的，十个人之中两个左右，已构成巨大的吸烟人口。美国香烟在国内败北，但供应给日本市场，赚不少外汇。

多年前，美国烟很贵，买一条当手信（礼物——编者注），日本人高兴。进口烟和路易·威登手袋一样，是高级品。但是他们想出一条绝桥（绝招——编者注）来反击，那就是把本国香烟的价钱提得和外国烟一样高，又拚命将土产烟的味道变成迎合当地人胃口，进口烟自然地被比了下去。

战后有一种很受欢迎的"黄金蝙蝠"的烟，后来没落，在市场上消失。最近，商人以怀旧做为招徕，重现这牌子，加上滤嘴，引起一阵热潮，牛仔被蝙蝠打倒。

世界各大航空公司都已禁烟了，但是只有飞进或飞出日本的班次容许客人吸烟。自称的为了健康，为了照顾非吸烟客的藉口不攻而破，为了赚钱才是真的。为了十个客人之中不损失两个，航空公司的嘴脸暴露无遗。

帝国酒店

对一家光顾过三十多年的旅馆，有一定的感情。我来东京，遇樱花盛开的季节，入住Fairmont Hotel，因为打开窗子，花就在你眼前跳舞，其他时候，则住帝国酒店。

帝国建于一九二三年，由著名的美国建筑师Frahk Lloyd设计。后来在一九六七年拆除，目前的新型大厦，无旧时典雅，但在其他方面的服务，却是无懈可击的。

房间本身隔声完美，不受干扰。以米黄色为主要的色调，窗帘为高贵的浅紫，早在十多年前，已是由按钮电动开关，布帘之内还有一层纱帘。打开之后，遥望东京全景，前面是广大的日比谷公园，虽非私家用地，住客早上前往散步，像帝国酒店自己的园地。

沙发和床都柔软，羽毛被是特别订制。用过觉得特别舒适，打开被盖找出厂家名字，但对方说只供应给帝国用，百货公司买不到。

书桌、床边柜和洗手间各有一具电话，另有一条专用电话线，配以传真机。

小酒吧中应有尽有，上面有个电沸水炉，让客人自行冲茶泡咖啡，懒惰的话，叫房间服务，二十四小时。

浴室中有洗洁剂、护肤素、须后水、护肤脂、泡沫浴油、头油头水七个小瓶，皆为Paco Rabanne产品，牙刷、剃刀之外，四条大浴巾、两条擦手巾、四条脸巾，每天更换两次。

穿了很厚的毛巾浴袍便可以到室内游泳池健健身，游泳池按奥林匹克规格建造。有十多家餐厅，任君选择。要不然走远几步，银座日比谷消费场所林立，各国食物，丰俭由人。

旅馆最重要的是那张床，帝国的不太硬也不太软，摇动起来也不“口依口依呀呀”地响，枕头也用鹅毛，但是依客人习惯，可吩咐酒店拿各种硬度的来试，试到你钟意为止。这世上，再也少有如此的服务了。

鸳鸯温泉

又抵东京，这个时期是他们的黄金周，一连放假好多天。交通不挤塞，街上人转少。天气又是最适中的二十四度，非常舒服。

想偷空到温泉去浸一浸，有数间从前去过的，和店主已成了朋友，可选择一家前往；日本人做生意一做数十年，这些人一定还在。

缺点甚多，但是他们的好处是爱干净，这点不得不承认，就算在街上走走，也很少看到脏东西，不像在欧洲或纽约等大城市那么一大堆垃圾没人理。

温泉旅馆更是一尘不染。进到房里后换上浆得粘贴的夕方凉衣，到附近小森林中散散步，回来便到大浴室。

通常，面积有小游泳池那么大，露天的已少，但是要选此种浴池才够风味。

先将一条布巾湿湿冷水，放在头上，这一来，可减少给热气逼上头的血压。

然后叫侍者来两瓶清酒，放在一个木盆，让它漂在池子上，喝一口酒，放下，再倾酒，优优悠悠，不必急着干杯。

用手摩擦身体，滑溜溜地，已能感觉这池水和普通浴缸中大有不同。

是否对身体好？或能医皮肤病与风湿，已不重要。也不相信浸个一两次，便能治疗。

温泉水分两种，有硫磺味道的是次级，上等温泉水是无色无味的。

最大享受需配合旅馆中的食物，那顿丰富的晚餐，应有尽有，在自己房间中慢慢欣赏，女侍应的服务，好坏也有天渊之别。

去大陆的温泉，哪有什么大浴池？只有一个比家里更大一点的浴缸，吃饭要衣冠整齐地到餐厅去，有何情调可言？

要泡这种温泉，买包硫磺粉撒在家中浴缸里，岂不一样？又，他们的浴缸，虽有鸳鸯式的，男女各浸一头。这种设计也很笨拙，那么小的浴缸，男女共浴，岂有不相拥抱的道理？

重 访

重临墨尔本，从拍完成龙的《一个好人》之后，已经一年没来了。一切都变化不大，除了新建的赌场之外。

入住赌场酒店套房，客厅三分之一，卧室三分之一，洗手间连衣帽间占其余部份，澳洲地大，可以那么浪费。一浪费，气派就产生。

来到赌场，我不能骗人说我对赌一点兴趣也没有，我只是认为赌输的机会很大，不然赌场的生意没那么好赚，而赌不赢，是一种难受的感觉，我不喜欢这种感觉，所以进入赌场也不会受到引诱。

除了拍摄电视节目，主要的还是来看看墨尔本这个老朋友。我对澳洲的好感只限于墨尔本，其他地区，尤其是种族歧视很重的昆士兰，请我去我还得考虑。

墨尔本的好处在于有一个很昌明的政府，非常有知识分子的水准，别的地方的政府的官僚和蠢才作风，是我看不起的。

在这里的人彬彬有礼，对我这个华族老头从无不尊敬之处，我在这里有一个很舒服的感觉，已是非常的难得。

抵达后第一件事是去维多利亚市场买菜。

买了巨大的蘑菇和全世界最辣的辣椒，准备在节目中表演做菜，其实在烹调技术上我哪及得过方太，只是好奇又好玩，勉为其难地献丑而已。

墨尔本的天气是寒冬的，我们抵达时出大太阳，干燥之中带印第安人夏天的温暖，希望行程不用排得太紧，可以有点时间抽出来，买些好吃东西，铺张被在公园的草地上野餐，这种享受，在香港是找不到的。往往事与愿违，此行将会是一天十多个钟头的工作，但精神上，拥有能幻想的空间，已感幸福。

艺术家

我们在墨尔本的第一个拍摄场地是著名的牛扒屋Vlado's。

编导要求一家最具代表性和最有特色的，那非这家人莫属了。

牛扒屋主人亲自烧牛扒给客人吃，三十年如一日。生病或放假，店就不开了。

主人戴上手套，切下一大片牛扒之后，握拳敲之。

“是不是要敲打才软熟？”我问。

“绝对不是这些旁门左道的玩意儿。”他说：“烤炉是平的，各处热度一样，牛扒平了受热才均衡，道理就那么简单。而要弄平一块牛扒，有什么办法快过用拳头打呢？”

我要了一块多油的部份。

“捞面的肉，要多少熟？”他问。

“愈生愈好。”我说。

别的地方要求生的话，一定来个半熟，要半熟的话，上桌时一定烧得像炭，但是这家店绝对没有这种现象。

“捞面的肉，是室内的温度，或是体内温度呢？”他问。

“还有那么分的吗？”我好奇。

“当然啦。”他说：“我们的牛扒是为客人度身订做的，冰冷的感觉最不好，室温可以配合红酒，体温可以配合吃下去的口感。”

“要体温好了。”我说。

“那么，我会把整块肉切得厚一点，周围肥的部份刚好有点焦，上桌之前我切去上下层，再烧过，那么便能达到你要求的温度了。”

同时，他烧别人吃的牛扒，但为了要一齐上桌，他把已经完成的叠在未烧好的肉的上面，他说：“这也不是花样，只是将牛扒保温的最好的办法。”

看得叹为观止，吃得也是天下极品，我拍拍主人的肩膀：“你才是真正的艺术家。”

专 业

和无线电视的外景队抵达墨尔本，入住酒店后，剧务送上一张房间号码的名单给我。打开来看，一项写着工作人员，另一项写着艺员，后者上面写有我的名字。哈哈。什么时候我变成了艺员？从来也没想到有这么一天，真是滑稽。

一向以来，我在电影圈的岗位处于镜头后面。这么许多年来，看到镜头前的演员百态，好的居多，但是调皮捣蛋的也不少。自信心不足，就摆出一个非我不可的嘴脸，迟到早退，排戏时绝不用心，常常狗眼看低其他人。

这种坏现象看得多了，我暗暗地发誓，万一有一天我是站在镜头前的，一定乖乖地听话，不给其他人麻烦。

现在我主持节目，已是艺员一名，当然遵守我的诺言，听工作人员和编导指使。

在现场我永远是不守时的，不守时的意思是我只会早来，不迟到。

每次上镜总换一套簇新的西装，这是做艺员的投资，尊敬自己也能尊敬别人，衣着绝对不能太过随便。

换好衣服后便坐着等别人上场。妆我是不化的，涂上一层肌肤色的油彩，电视工作人员说会比较好看，我却认为此种化妆很落后，只会弄得整张脸像瞻仰遗容，或者是硬崩崩地像刚拉过皮。最好的化妆，莫过于喝点酒，脸微红，更是自然。

等别人，我倒不在乎，要是有下个约会的话，我会当众宣布，到某某时间要走。但到时也会做完节目才离开，抱怨几句，只不过是要让迟到的人知道，请他们下不为例。

想起年轻时的急躁，也真好笑。当年我带队到外国拍戏，凡是有女演员玩过头睡不醒的，我一定叫酒店经理用钥匙打开她的房门，不管她有没有穿衣服，一脚把她踢下床，叫她开工。

大 乐

又回去维多利亚菜市场。

卖芝士的老太太一认出是我，即刻跑出来拥抱。她身上一股芝士味，别人也许觉得难闻，但对于我，觉得比古龙水还要香。

“什么时候来的？”她问。

“刚到，就来看你了。”我撒谎，已到了三四天，骗人脸不红。

她高兴地：“我请你吃芝士，我记得你是喜欢吃水果芝士。”

我点头。

老太太切了一大块水果芝士送我，我坚持要付钱，她死也不肯收，只好东买西买，又是大蒜芝士、核桃芝士、果仁芝士等等，最后还加十五片生火腿。她用一支铅笔一一记下，然后交给我。

“你自已加。”她说。

以为她懒，不愿意算，或者对数学不精，就多加几块钱上去。

哪知她一看，即刻察觉。大声地叫：“不行，不行，怎么可以乱算？”

“明明是对的嘛。”我也大声地：“怎么说我乱算？”

她把纸张抢了回去，一项项地对过之后说：“这才准确。”

“算了吧，才多一点，你就收下吧！”我把钱推给她。

“怎么可以？”她的声量愈来愈大，吸引了一些路过的人，停了下来看我们两人在左推右推地争执。

“怎么啦？”有人问：“我可以帮助你们两人解决问题吗？”

“多嘴。”老太太说：“这是我们的事，你们不必加入。”

我们一直吵下去，别人不了解，只有我们大乐。

蘑菇面

在维多利亚菜市场中，有位卖菜的太太，四十几岁人，是香港去的，和当地华侨结了婚，已有几位婷婷玉立的女儿。

她一看是我，充满笑容："怎么这么久才来看我？"

"我回去香港，已经一年了。"我说："今天刚到，就来看你。"

"那么好！"她说："要买什么菜，不收钱！"

"怎么可以？"我不同意。

选了一些大蘑菇，准备在做电视节目时煮炒。又看到那种世界上最辣的辣椒，叫"从夏湾拿来的"，便又要了一些。

"你要烧些什么？"她问。

"我还没有想到，只知道大蘑菇用来煎，辣椒不知道要怎么用。"我说。

"你再去买些鱼，把辣椒酿入鱼肉里面煎，也很美味。"她建议。

说得也是，这里的金枪鱼新鲜又便宜，日本人当宝的Toro，也不过是二十多块港币一斤，用来煎炸，一点也不可惜。

"蘑菇除了煎之外，还可以做汤。"她说："你再去买些鸡胸肉白灼，汤便会变得更甜。"

对。付了钱，她算得很便宜。

我把所有材料买全后拿回去旅馆，赌场酒店借出他们的大厨房让我们玩。

先煎了茶杯碟那么大的蘑菇，再煎金枪鱼，最后把剩下的那几个大蘑菇切条，好像面条般粗细。

水滚，鸡胸肉切成薄片备用，先将蘑菇放进去，等汤再滚时，扔进鸡，不必再滚，已可以把锅拿离火炉，汤已完成。

试一口，香甜无比，称之为蘑菇面。

大吃大喝

亦舒在专栏感叹:“莫再等待明年。明年外形、心情、环境可能都不一样,不如今年。那么还有今天,不为什么,叫六人大吃大喝吹牛搞笑,今天非常重要。”

举手举脚地赞成。

旁观者不拍手,反而骂道:“大吃大喝?年轻人有什么条件大吃大喝?你根本就不知道钱难赚,怎么可以乱花?”

花完了才作打算,才是年轻呀。骂我这个人,没年轻过。

年轻时捱苦,是必经的路程。要是他们的父母给钱,得到的欢乐是不一样的,我见过很多青年,都不肯靠家。

我想,能出人头地的,都要在年轻时有苦行僧的经历,所得到的,才能珍惜。对于人生,才更能享受。

所谓的享受,并非荣华富贵,有些人能把儿女抚养长大,已是成绩,有些人种花养鱼,已是代价。

今天过得比昨日快乐,才是亦舒所讲的重要。而这种快乐并非不劳而获,这是原则。

当然有些人认为年纪一大把,做人没有什么成就,但这只是一种想法,是和别人比较的结果。就算比较,比不足,什么问题都能解决。

大吃大喝并不必花太多的钱,年轻时大家分摊也不难为情。或许今天我身上没有，由你先付，明日我来请。路边档、熟食中心的食物，不逊于大酒店的餐厅，大家付得起。

亦舒有时也骂我，一点储蓄也没有，把钱请客花光为止。这我也接受，只想告诉她我并不穷，也有储蓄，是精神上的储蓄。我的储蓄，老来脑中有大量回忆挥霍。

也许，有了下一代，想法便不同了。我没有子女，银行中多一个零和少一个零，根本上和六个人大吃大喝无关。

开　始

鱼翅捞饭时代已过，剩下的一群企业家和少数的富豪，以饮红酒显身家。

两三万元一瓶，等闲事。说普通的，在他们眼中，是六七千元货色，这群人并不一定懂得红酒的价值，他们只知道红酒的价钱。

愈贵愈好，他们以为当然的，但已变坏的陈年佳酿，却喝不出。还有些酒喘气时间不足，但没有毛病，这些人大叫有问题。

现在大陆人也开始喝了，加柠檬、加七喜，红白酒对沟，波尔多与加州红酒分不出，有得喝就是，你指出不应该这样，不应该那样，别人当你是傻子。

红酒是西洋人生活的一部份，不是奢侈品。尤其是在法国，长条面包和红酒，政府压低价钱，不准卖贵。巴黎的超级市场中要买一瓶上百元港币的，找不到，好酒要到专门店去购入，也比香港便宜一半以上。

什么叫做好酒呢？

喝下去，舒舒服服的，就是好酒。

红酒是一门很深奥的学问，不要扮专家，评这骂那，马上露出马脚。

自已认为好喝的就是。人家说那么贱价的，你也当好酒？嘴长在他脸上，我们不必去听他。

也许我们认为好喝，不是名牌贵酒，我们最多是外行，但我们老实，我们没罪。

众多的红酒之中，我们只要找到一种价钱付得起，又合自己口胃的，从此喝它就是，至于是什么国家什么牌子的，你自己要去下一点功夫就学会，连这点也不肯试，没资格喝红酒。

现在这段时期，宝血丽新酒当造，只喝一个月，过了就不能再喝了。价钱很便宜，切记冷冻再喝，要学习喝红酒，这是一个很好的开始。

数千块一瓶的，等别人请客时喝吧。

极 品

每次吃鱼翅，都感觉它是一种俗气的东西。来一碗，其他菜已吃不下，所以被人家请客的时候，我都说叫少一份。

有些地方的鱼翅，不叫好过叫，上桌一看，稀稀疏疏地几条不明物体，浮在碗上游泳，我会把它们一条条地捡出来，排在碟边，看个清楚。

有些堆满一大碗，不足汤汁，鱼翅煨不出味道来，和吃粉丝又有何两样？

少吃鱼翅的人，都认为带些肥皂味是对的，我一吃马上停筷，那是用洗洁精洗擦了半天的成果，鱼翅怎可能有此腥味？又有些含了大量的防腐剂味，更是可怕，为什么人们因为鱼翅价贵而去忍受耻辱？

较能入口的，是桂花翅。所谓桂花，和植物无关，是咸蛋。桂花翅炒得好的话，非常可口，进食时添点黑漆漆的珠油（是一种酱油——编者注）。是珠油，不是猪油，浓得一滴滴像黑珍珠一样，故此名之。

桂花翅是以最贵和最便宜的两种材料掺在一起炮制的佳品。发明此道菜的人，应该得到诺贝尔美食奖。

鱼翅要吃就是吃最高级的天九翅。不然，吃最价廉的鱼唇或翅裙。这个部份是鱼翅的头部，肉厚，营养和鱼翅一样，价钱低过鱼翅数十倍，可以放怀大嚼，又便宜又好吃的，才叫极品。

甜

真不明白为什么要用味精。

食物中熬出来的东西，有数不尽的材料，令汤鲜甜，绝对不必借重味精。

举些例子：萝卜和干贝一起炖个数小时，一定甜。凡是有萝卜为材料的，像萝卜丝鲫鱼汤、萝卜煮牛腩等等，汤好喝，萝卜本身也已软熟，非常美味。

洋葱更甜，法国人起初连味精也没听过，他们的洋葱汤是高级的享受，连肉也不放，照样炖得鲜甜。如果把鸡骨或牛骨同大量的洋葱来煲，就甜上加甜了。

鸡本身就很甜，什么东西都不必放，要不是清炖也行。花钱的话可加高丽参，不然用便宜的西洋参好了。更节省，加田七吧，并不逊高丽参。

黄豆和骨头都是好材料，黄豆排骨汤，加一点苦瓜，是引死人的味道（特别好味之意——编者注），大骨头也可用高丽参来煲。

牛骨就有点恶毒，炖牛骨汤最好加鸡骨去中和，这是越南人的煮牛肉河粉汤的秘密，不随便教人的。

花生也甜，猪尾花生汤一大煲，连渣吃光，只剩几节尾龙骨不能进口罢了。

纯正的肉骨茶，香料中不含蜜枣之类的东西，连无花果也不用加，只是把一大锅排骨熬个几小时，汤自然甜。

菇类也是上选，干草菇和鸡肉煲汤固佳，以新鲜的蘑菇和鸡胸肉白灼，方便又好吃。

很多家庭主妇爱用罗汉果来代替味精，并不聪明。罗汉果的甜，多吃了会讨厌，和豆类、菇类及骨头的味道是不能比较的。

最鲜的莫过于把鱼和羊肉一起煮，这个鲜字就是这么得来的。我们常嫌汤不够甜，问题都是出自太贪心，用太多的水。煮出淡如鸟水的汤，就非加味精不可了。

性旨味

科学家发现甜、酸、苦、辣之外的第五种味觉，称之为UMAMI，此语来自日文的“旨味”。因为，这第五种味觉，就是味精的甜味，而味精是日本提炼出来的，故此命名。

日人一尝佳肴，即刻大叫："OISHII! OISHII! "写成汉字是“美味”，除了这个“美味”之外，他们称此食物好吃时，也点头说："UMAMI! "写成汉字，就是“旨味”了。

科学家说味精包含有豆类、肉类。我们把豆熬汤，自然有甜味，而此甜味又与糖的甜不同，是种增加食欲的引诱的因素。

有些朋友受不了味精，一吃到就皱眉头，这是对味精的敏感，和有些人吃到海鲜便皮肤痒同一道理。

海鲜当然无害，在一九九五年科学家终于证明味精是无害的，除了敏感之人，我们可以放心大嚼味精了。

味精多吃口渴，盐吃多了也要喝大量的水呀！岂不一样？

我是味精的拥护者，一点也不介意吃。但是我烧菜时不用味精，这就是和知道有自由权而不去使用一样。拥有了这一点，更觉生命很充实。

我不喜欢人生之中的种种禁忌。像把吃猪油形容得很恐怖，都是八婆们的谣言。有时我们对某些东西不去深入的研究，听了就信以为是，太可怜了。科学家已证实，一百克的猪油之中的胆固醇含量，还没有一颗蛋黄那么多，我们早餐天天吃蛋，但怎会去吃到一百克的猪油呢？

现在我们打破了味精对人体有害的传说，绝对是好事，煮菜煮得笨拙的人，大可下味精，至少不会那么枯燥无味。

味精对于食物，就像色情对于人生一样，有时讲讲荤笑话，做人，也做得比较乐趣又更有味道。我们应该去重新发现“性旨味”。

玩喝酒

最初到台湾，被人家请客，桌上摆着个大水杯，分开倒在十二个小玻璃杯里，感觉到最奇怪的就是这件事。

我妈妈酒量比我好，主人斟酒后，她老人家便毫不客气地把大杯的拿来干了。

说喝酒，我是家母的徒子徒孙，只能喝小杯的，你敬我，我敬你，一轮下来，十二乘十二，是一百四十四杯，也不是闹着玩的。

后来在大陆，也有这种风气，不过是这桌敬完敬下桌。一百四十四杯乘不知道多少桌，更成为夺命玩意儿了。

大多数的台湾主人还是以灌醉嘉宾为荣。一般都是客人坏，称之恶客。但在台湾，变为恶主。

恶主一坐，必带数名打手，皆为饮酒高手，但是其中也夹一个酒量不济的，他的工作主要为指挥交通：来，你敬他一杯。来，他敬你一杯。我们敬主人的妈一杯，也不知道他母亲在不在世，反正提起妈，怎能不喝？

一年，我向主人说明自己酒量不大，今晚您老人家请客，要喝酒一定喝，但是尊敬的只能您一位，其他朋友，我不能奉陪。

这怎么可以？众人反对。不可以？我就不喝了。要翻脸就翻脸吧。

众打手看看主人面色，主人自信心极强，不把我这个二十四岁的小子看在眼里，单对单，来就来吧。

他不知道的是，我在做学生的日子，穷得要命，惟有空肚子喝，才能节省酒钱，已养成习惯，恶主却要一面吃东西一面喝。抓此弱点，把绍兴换白兰地，小杯换大杯，先干为敬，自干三杯，对方也只有喝了，再请主人回敬我三大杯。他躺下后，我拍拍屁股走人，到小巷吃钵仔糕去。

鼎泰丰

到台北，一提吃早点，当地友人一定带你去吃“鼎泰丰”。

它已代表台湾人的自傲，饮食文化的水准，无人不晓，因不能订座，只要跳上的士，说了店名，自会找到。

是座四层楼的建筑物，门口已挤满客人等候，来买外卖的更是不少。进口一张于右任的字，是写给“鼎泰丰油行”的，原来这家人开始的时候经营花生油和麻油，生意愈做愈淡，把一部份租给人卖小食，结果反而那边好起来，就干脆连师傅也请下，自卖小笼包。

招牌货的小笼包合五十多块港币一笼，特点是皮薄，用筷子挟，除非故意摧毁，否则皮绝不会破裂。

吃进口，味道果然鲜美，值得一试。

另有小笼汤包，以为这种包装的汤更多，其实是把小笼包包得像鱼蛋大小，馅和普通的小笼包一样，里面的汤也不是特别多，所谓的小笼汤包，是加上一碗汤给你。

这种小笼汤包做起来较花工夫，只在周六和假期供应，从九点到十点的一个小时内有得吃罢了。

说到经营时间，此店甚大牌，星期二到星期五，早上十点半开到下午两点，休息两个半钟头，从下午四点半到八点半，周六、日和假期，提早一个半小时，九点开。星期一不做生意。

生意好，客人要推也推不掉，东西真得那么好吗？也不见得，上次在杭州街边吃的小笼包，更是美味，一笼只要人民币两块，便宜三十倍。

有一种受欢迎的“元盅土炖汤”，卖五十块港币，喝起来也不过如此。

友人利雅博带了太太和女儿到台北住四天，约不同朋友，结果吃了四次“鼎泰丰”，小女儿从此对小笼包产生恐惧症，见到就怕。

四神汤

友人游台北，总到万华华西街去“台南担仔面”吃海鲜，但不知道在这家店的同一条街上，还有一档出名的“四神汤”。

首先，什么叫四神，其实是四臣，但是台湾人发音不准，又嫌臣子没有神仙来得厉害，就干脆叫它四神汤。

中药上的四臣，是淮山、芡实、莲子和茯苓。四神汤中加猪肚熬之，味道有点像潮州人的猪肚汤，但是后者加了很多胡椒，相当地辛辣，才吃得过瘾。

四神汤却很温和，常喝能有健脾胃的功效。听人家说，吃过苦的人很容易得脾胃衰弱的病，对任何食物都没有胃口，要是每天早晚喝一碗四神汤，连汤渣也一齐吃下去，就能胃口转好。

有没有用？我不敢保证。但是华西街上的四神汤的确好吃。除了猪肚，还有猪肠一齐煮。肠子选钢笔筒般粗的那一节，皮很薄，里面有脂肪和筋肉混合在一起的膏，熬熟之后，呈半透明状，切成才半米长的一小段一小段吃入口，真是天下美味之一，比猪肚还要好吃。

南北行屎坑巷中那档猪杂汤摊子，从前有灌水猪肚，外层雪白，中间也有猪肠中的那阵膏状的东西，现在摊子搬到街市中，仍旧可以吃到猪杂汤，但是灌水猪肚肉贩嫌麻烦，已不供应，吃不回原来的味道了。

说回四神汤，听友人说是台湾嘉义县的药店开益堂发明的。被火烧了，老板移民，有个店员跑到龙山寺开了一家，是不是正宗？没试过，不知道。

广府人和潮州人也有类似的汤，到药材店去买上述四味来煲，也很方便。其中的芡实，就是南洋人所谓的薏米，确有清凉作用。

我爱喝四神汤，主要的是熬成之后，要加大量的米酒才能上桌。是喝酒，不是饮汤。

同盛祥

到台北公干，约会与访问之间，空出一小时，刚好走过仁爱路四段九十一巷七号，看见了吃泡馍的“同盛祥”招牌。

什么叫泡馍呢？要了一客羊肉的，上桌时一看，是个空的大碗，另外两个小碟，一个装着一块如橙子横切片那么大的烙饼，材料是普通米加糯米吧，烩了之后有点焦黄。日本的Motsu糯米团也是一样，可见是中国传过去的。

另一碟摆着豆瓣酱、芫荽和糖蒜。

侍者在等着，你不动他也不动。

原来，你要先把那块饼掰碎，放入碗中，伙计才拿进厨房，把熬过十二小时以上的羊肉汤泡上，这就是羊肉泡馍。

如是你嫌麻烦，当然可以叫厨房帮你把饼切丝，但按足北京人吃法，切口被刀压紧了，汤汁就浸得不透，所以一定要手掰。

吃时把另一碟的东西加进去，汤中有数片羊肉和粉丝。进口，有阵可爱的腥味，才是正宗，一点也不腥，不如喝清汤。

好吃吗？那要看你是不是吃这种东西长大的。南方人大概吃不惯，那块饼的作用只是填满肚子。不过没吃过的话，值得一试。

“同盛祥”里最精彩的应该是“宫爆臭豆腐”。用大量的辣椒干爆臭豆腐丁和花生，炸的蒸的你吃得多，宫爆的吃起来另有一番味道。

看菜单，有“新丰抢虾”这一味，以为是难得的上海虾刺身，上桌一看是酱生螃蟹，明明是蟹怎会叫抢虾？经理教训了我一顿，说新丰抢虾就是螃蟹，我只有点头称是。

如果搭中华航空公司，所用的糕点，都是“同盛祥”做的，特色在于不是很甜，有松子糕、茶冻、蜜糕等等。

电话：台北773－3131

阿笑卤鸭

回新加坡探母。

下午两点，老人家小睡，谊兄黄汉民带我去樟宜区吃卤鸭。

我对鸭不太感兴趣，认为鹅的质素比较高出许多，宁愿吃鹅，不吃鸭，但是鹅这种家禽除了香港之外，各地皆几乎绝迹，惟有吃鸭。

到了一间叫“春兴园”的咖啡店内，找到了“阿笑潮州卤鸭”这家摊子。

上桌一看，颜色呈深棕，卖相并不佳，但是一入口就感到一阵幽香，味道实在很好，汉民兄没有介绍错。

香港一般卤的鹅，卤汁没下得那么重。而且年轻一辈的客人也不喜欢黑漆漆的东西，所以都是浅棕色的，新加坡的卤鸭用的还是潮州古法，不注重外表，只求味美。

主人阿笑带我到里面去看那一大锅的卤汁：“已经用了二十多年，一直加料去煮，原汁不能换，换了就不好吃了。”

另外有一碟脚翼、肝和鸭肠，汉民兄叫我试试鸭肾，从前的经验，肾虽好吃，但是多数很硬，勉强吃了一块。啊，是那么软熟，简直可以用入口即化来形容。

“为什么你的鸭肾不硬？”问阿笑。

他回答：“都是卤时的火候、时间控制得好就软，完全靠经验，没有书可以看。”

汉明兄要买外卖，打包多一些脚翼给我弟弟蔡萱吃，他最喜欢啃这些东西。

“我一天才卖十几只鸭，哪来那么多脚翼呢？”阿笑笑着说。

在这个没有价值观的年代，多少小贩都乱来一场，吃过什么，便凭记忆去卖这些东西，不肯学习进步。像阿笑这种人少之又少。能坚持保存水准，已不是小贩，是艺术家。

地址：Blk 56, Upper Changi Rd, Singapore，连电话也没有。

想念天发

从前，在三角码头，潮州人云集的地方，还有一间正宗的潮州菜馆，叫“天发”。

已经不知道有多少年的悠久历史了，“天发”店外的墙漆剥落，里面也除了冷气之外，一切如旧，就算它的女侍应，脸上的脂粉，也遮不住皱纹。

年轻师傅不肯学，老一辈的放假的时候，“天发”的水准大不如前，但是俗语说得好：烂船也有三斤铁，我们这些老顽固，还是觉得它有几味菜，味道还是旁的地方没有的。

老字号一间间消失，“同乐”、“国民”这些名字，年轻人听都没听过。“天发”一共有三层楼，这么大的面积，岂能逃过地产发展商人的利诱。

“天发”拆除之后，听说师傅跑到一家叫“天外天”的高级餐厅去，即刻去试，但已经难吃得要命，是大师傅和餐厅关系搞得恶劣之故。

剩下的只是“斗记”了，但连整条南北行小巷都拆了，“斗记”当然也逃不过结束营业的命运。

另一方面，新派潮州酒家愈开愈多，价钱也愈来愈贵，从前的潮州菜是以便宜和粤菜争一席，现在的什么楼什么城之类，一只花蟹，已要卖到上千港币了。

但是好吃吗？潮州菜是否除了花蟹、红烧翅、卤水鹅、珍珠鸡之外，什么花样都没有吗？为什么新派潮州菜做来做去都是这几味？有的地方，连广东菜谱也加了进去，还有什么面子自称潮菜？

目前唯一觉得自豪的，是九龙城的“创发”了，如果有外国朋友指定要吃潮菜，只有上“创发”，这是永远不会让人失望的老店。地方当然没有新派酒楼那么堂皇，不嫌东嫌西的人，才能带去。其他正宗潮菜，要去曼谷等南洋地方求之了。

黄瓜三文治

香港人的胃口，转变之快，简直到了恐怖的地步。一夜之间，就没有人喝白兰地、威士忌等烈酒了。

走进一间很有规模的卖酒之家，老板娘说："白兰地都收进货仓去，那些水晶瓶子的高价货更没有人去碰，尤其是传出了水晶含毒的消息之后，能卖个一两瓶，也只剩下路易十三，买的是大陆客。"

我们这些死性不改的人有福了，听说白兰地、威士忌都要降价。有一天，大出血地一箱箱贱卖也说不定。

母亲还是那么喜欢白兰地，数天一瓶，到时买它一两个货柜孝敬老人家，也要不了几个钱。

疯了，疯了。我们在澳洲拍戏时买的那个牌子，给成龙大量收购，价钱一升再升。高档的最便宜三千，年份好一点的卖到七千。这家公司也有些次货，我们买来当水喝的那些新酒，现在给炒到四百五一瓶。

法国酒更是漫天杀价。

一位代理红酒的朋友说："还有八一年的，两千九卖给你。要多少箱都有，乘机会快点入货呀！"

"酒税减了，你们是不是可以卖便宜一点？"我问。

"就是因为减了税，才没有加价！"他威胁。

我没兴趣，旁边的友人即刻抢着订购。

唉，有一点不可否认的，就是买酒保值，比字画古董更实际，最后至少可以自己喝进肚子。股票、房地产，升了固好，万一跌了怎么用嘴去啃？

还是法国人比较有福气，没人买他们的白兰地，但照样可以卖红酒，英国人倒霉，又要把殖民地奉还给人家，卖威士忌又赚不到钱，注定只有黄瓜三文治当中餐，别想吃肉了。

荷叶饭

又被请到“福临门”吃饭。

我对鱼翅不太感兴趣，偶而食之尚可，多了不如粉丝。鲍鱼更是一种价钱与味道不相称的东西，印象不佳。至于燕窝，如果说吃了养颜，也至少每次一两。少过这分量，据中医说，是无帮补的。在餐厅弄个分量不足的燕窝，不如不吃。

那尾老鼠斑，还是让别人先尝，我总是等至最后。人家说冷了鱼腥，但上等鱼，应该热吃凉吃都不要紧。大家动过筷，剩下只在鱼肚顶端的那一点点内脏，没人要，让侍者拿走，颇为可惜，便夹着吃了，很可口。

来碗白饭，浇上鱼汁，配以椒丝，亦为上品下酒菜，友人徐胜鹤常叫人切大量椒丝浸着蒸鱼的酱油，以此当为冷盘上桌，试过的人都说比什么素鹅海蜇更好吃。

“福临门”精彩之处，在于小菜，如梅菜或虾酱蒸肉根之类，做得非常出色。还有他们的蒸三色蛋，用皮蛋、咸蛋和普通蛋蒸之，没有失败过，每次都完美。

“用鸡蛋或者鸭蛋？”常有朋友问。

我总是打趣地说：“王八蛋。”

远方来的客人，胃口特别好，又叫了一客螺片，很多人爱沾着虾酱吃，我不同意，那么高贵的东西配那么喜欢抢风头的酱料，绝对不是办法。点生抽，已经够了。有些餐厅还把螺头扔掉，更是暴殄天物，遇潮州老饕，不见螺头是不付钱的，今晚也有螺头上桌。我只吃一点，不错。

在“福临门”吃饭，我没有一次是满意的。最开心的是，来一客荷叶炒饭带回家，还是热腾腾的，到了半夜，冷却后荷叶湿湿地，放进微波炉，三分钟，叮的一声完成。荷叶刚刚干了，里面的饭原汁原味，写完稿肚子饿时享受之，百吃不厌。

猪油捞饭

“猪油捞饭”酝酿长久，只听雨声，不知什么时候开店?

这家专门吃怀旧料理的菜馆,地点在九龙城启德道六十八号，云吞面老店“黄明记”的隔壁，出色的泰国菜馆“金不换”正对面。

“年轻人一听到猪油就怕，还敢开这种不健康的铺子？”有人问。

小本经营，便能反方向前冲，集团式的，非走大众化路线不可。

菜单列出，用最高级蓬莱米炊的饭，只卖十二块钱一盅。猪油渣、雪里红炒辣椒，和一杯暴暴茶，完全免费奉送，是全城最便宜的一家了。现在随便吃个饭盒也至少要十八块钱,贵一点的二十五块,连早上喝杯奶茶吃片多士,也要十五六元。

要丰富一点，可叫猪面珠墩、猪脑烧卖、榨菜五花腩等等，较有特色的菜点缀，二十五块一碟菜。

煎三层肉也很精彩,是把拜神用的肥猪肉用盐腌渍过后，再煎之，实在简单之极，又是香喷喷的。

另外有一些像台湾街边小吃的白灼东西，如猪肺裙、猪肝、猪心、猪小肠、猪肚等等，切片后淋上酱油膏，加点椒丝和大蒜，足以引人垂涎。

但是主角还是那盅饭，炊得一粒粒白白胖胖，热腾腾地站了起来。淋上猪油和特制酱油，是我们多久未尝的美味!

我们不忘记从前辛苦的日子，也不忘记慈母亲自下厨炊的白米饭。

何时开店？

有哪个日子好过母亲节呢？

豆豉鲮鱼

在外国，尤其是交通不便的穷乡僻壤，生活了一段日子之后，忽然，有一天，从背包中找出一罐珠江桥牌的豆豉鲮鱼，那你一定会感动、欢乐，流下眼泪。

这罐罐头，是一般人家最普遍的食物，从数十年前到现在，价钱涨了好几倍，也只卖七块钱港币。

和其他圆型的罐头不同，它呈猪腰状，铁壳很硬，要是刀不锋利，常会把它开得一半，弯弯曲曲拿不出里面的东西，哭笑不得。

鲮鱼是多骨的鱼类，但一进入罐头，什么细骨都化掉，中间最粗的脊椎，也能咬碎。

第一次试之，味道古怪得很，炸得像薄脆饼干，若无那一点点鱼腥，想不出和鲮鱼扯上什么关系。中间夹着一颗颗的黑色豆豉倒是十分惹味，和鱼汁一起淋在白饭上，可连吞三大碗，面不改色。

我常说有种东西，是难吃得好吃，就是这个例子。久未尝之，便会想念。吃出家庭的温暖，嚼来补足思乡的情怀。

罐头外面的贴纸，要是不仔细看清楚，就会买到一罐没有豆豉的“鲜炸鲮鱼”，滋味大减，而且有时购入其他牌子，但画着一双一模一样的蓝色鲮鱼，口吐泡沫两个的，更比不上老字号的珠江桥。

近来珠江桥也先进了，找人拍了一张以蕃茄、黄瓜衬底，铺上芫荽的彩色照片招徕。里面又加了梅菜，鲮鱼罐头似乎提高了身价，但照卖七个大洋。

到外地旅行，我常带一两罐豆豉鲮鱼，海关看见不是猪牛之肉，也会放过。等到半夜饿肚，开罐吃吃，人生一大享受。但是不能拿去送礼，别以为去了加拿大的朋友没得吃，他们街角的杂货店中堆满豆豉鲮鱼，不屑一顾。人家是移民，他们是移国。

倪　匡

签　名

在书展上为读者签名，不管是不是签到手软，卖的书始终有限。被人索取签名，第一次的体验当然是愉快的。多了之后，这种感觉便消失。但是不会因为多了而生烦，因为要求签名的人，都是你的米饭班主。

看不惯随便乱签个名敷衍的人。成龙说得好："要么就不签，要签的话，好好地服务，签个让人欢喜的名字。"

有些还未成名的人，签的名字好像画符，这些人注定是失败者，对自己的名字都没有信心而故作玄虚，怎会成功？

"金宝泰国餐厅"有间贵宾房，签满了名人的字，多数看不出是谁。建议老板吴先生在八卦杂志上剪下他们的大头，贴在旁边。不然的话，签了等於没有签。

少女歌星签名时喜欢画个公仔、几颗心，或者两点加个曲线当笑容的样子，都很可爱，但是到了三十岁，还那么"可爱"的话，就不可爱了。

找金庸先生签名，最难得。他老人家很用心，除了对方和自己的名字和日期之外，常把来者的名字拆开作了一个对子，这不是每一个名人都拥有的学问。

找倪匡兄签名，他也很乐意，很少拒绝别人。他老兄写稿时的字很潦草，没有多少人认得出，但是为读者签名，至少他本人的名字还算清楚。

倪匡兄在三藩市还很吃得开，走到新华埠去买报纸，来索签名的人不少。

“有一次在香港，被一团女学生围着，她们要求一签就连签几张。”他说。

“是不是为她们的同学签的？”我问。

“不。”倪匡兄懒洋洋地：“签完后我听到她们说，五个倪匡的，可以换一张刘德华。”

玩不动

倪匡、黄霑和我常聚，那是以前的事。现在倪匡跑去三藩市（即旧金山市——编者注），三人在一起的节目做不成，大家有点遗憾。

“出飞机票把他请来呀！”有些人说。

他们真不了解倪匡的个性，此人真的能做到一言既出，驷马难追的地步。他讲过不回来，就不回来。而且，除了买菜买报纸，一门不出。金门桥都没看过。

“好。”我说：“和尚不到庙来，我们把庙搬到和尚处。”

决定明天启程。无线电视派出外景队，我们将到三藩市去，还约了吴宇森做嘉宾，他将由洛杉矶专程而来，住一个晚上就走。

传真中，吴宇森说：“做不做节目倒不要紧，老友聊天，才是乐事。”

“倪匡兄最近是怎么一个样子？”问倪太。她人在香港，又经常来，是受不了倪匡的纠缠。倪匡每天玩，家事还是要她做的。

“又在减肥。”她说：“本来好好地减到一百二十磅，后来乱吃东西，打回原形，变一百五十多磅，他说带着三十磅肥肉到处走，很伤劳力，现在又在减了。”

“这么一肥一瘦又一肥又一瘦，不是好办法。”我说。

“可不是吗？”倪太感叹：“有一阵子还洋洋得意，说已经完成一件最伟大的事。”

“那是什么？”我好奇。

“他说他减肥减到比我还瘦。”倪太说。

哈哈哈哈，我大笑：“目前在玩什么？”

“玩回金鱼，已经养了三大缸，已经放弃的乐趣，又重新再来。”倪太说。

“会不会回到收集女朋友的时代？”我担心。

倪太懒洋洋地：“只有这一样，看死他怎么玩也玩不动。”

比　赛

到三藩市去，太多东西好玩了，缆车、海边、餐厅、歌舞剧、联合广场的百货商场和各处的许多博物馆、金门大桥、红木森林，还有那条令汽车飞跃起来的凸路。

但是，倪匡兄是不出门的。在短短的三两天内，黄霑与我会一直在他家里聊天，出去干什么呢？

肚子饿了，便跟着他到超级市场去。当然，他骑他的残废人士电单车，我们两人跟着他的后面。这也好，至少买了的东西，可以放在他车后的笼里，不必自己提。

他们两人已经不喝酒了。倪匡说他的人生喝酒配额已满，啤酒一杯下肚，已晕头脑胀。不可以勉强他。

黄霑呢？他患有痛风症，喝了酒后便会脚肿，走不动。我想无论如何，也灌他几杯，最多叫倪匡把残废人士电单车借他用用。

一到超级市场，三人必定疯狂购物。倪匡买东西喜欢一打打一箱箱地。黄霑每次都想把所有的都买下送给好太太云妮。我则东买一样西买一样，非常花心。到后来，也要抱着一大堆回家才甘愿。

主要的还是买吃的，美国的鸡肥大，一只当我们这里的两只，黄油油地充满肥膏。蔬菜种类也丰富，水果更是便宜得不能置信。

我没有预备要烧些什么，反正看到会对我笑的新鲜材料就买，一边购入一边设计配搭，兵来将挡，时到时当。

倪匡兄大概会蒸鱼吧。在三藩市可买到一种很像大条鲈鱼的，肉鲜美，但多刺。他常让肚子的部份给我吃，因为他知道我不会挑骨。

不知道黄霑怎么炮制，从来没吃过他煮的东西。此君真人不露相，经常会抖出几手绝招。最怕此类人物，到时三人比赛烹调，只有他能烧出一桌十八道菜来也说不定。

教　养

因为暑假，飞机爆满，从香港到三藩市的座位，借大陆人语：非常紧张。

我还好，虽没直航，只在东京转机，先抵埠。黄霑就惨了，先到大阪，抵洛杉矶，再搭多一程才能来到三藩市。

按门铃，倪匡兄来迎，互相拥抱，一齐哈哈哈大笑之声。

坐了下来电话响个不停，有些是老远由香港打来要求做访问的。倪匡兄则笑向我说："我很同意你写的关于香港女子没有教养的文章，尤其是那些小记者，更给她们气死。"

"怎么啦？"我问。

"上一次有个女的打来，开口闭口倪匡这，倪匡那，连名道姓地。"他说。

"大多数还好，有一两个真的不客气。"我说。

"可不是吗？"他摇头："我问那个女的说：小姐您贵姓。她说了。我称呼她某小姐，真是可惜，您的爸爸妈妈过世得早。"

"你怎么知道她死父母的？"我问。

倪匡兄笑了："她很诧异地说：我父母亲还活得好好的，怎么说他们已经过世？"

"那你说些什么？"我问。

“我说：这就奇怪了，要是他们还活着，怎么没有好好地教您一点点的礼貌？”

我听了大笑。

“她傻了一顿，把电话挂了。”倪匡兄也笑：“我直接说她的爸爸妈妈，还不敢用令尊、令堂呢，怕她听不懂。”

我笑得更厉害。

“后来倪太听到了，说我不应该得罪这些人。”倪匡兄说：“我才不管呢。”

我说：“是她幸福，至少你肯教她，她这一生一世会记得，有了儿女也会给他们一点教养，要不然她的下一代更没礼貌了。”

惩　罚

做节目之前，先得买菜，和倪匡兄一齐，外景队跟随，浩浩荡荡地到三藩市的新华埠李治门去。

“好久没吃到咖喱了。”倪匡兄说。

我本来是看到什么东西新鲜烧什么菜，但经他这么一说，便走进海鲜店找大鱼头。

外景摄影队跟入。

“我们这里不准拍戏。”店员说。

走去第二家，也是同个答案，第三间亦一样，真不给面子。

“他们怕被告。”倪匡兄解释：“拍了可能是呈堂证据。”

“这话怎说？”我问。

“最近有个洋人拿了摄录机把中国人剥田鸡皮、杀鸡和劏鱼的画面都拍了，告进官府，说我们虐畜。现在华人商店联合起来请了律师辩护，大概是律师叫他们别再给外人拍摄，留下更丑恶的印象。”倪匡说。

杀鸡劏鱼数千年，现在才搞这种笑话，真是时代变了。

“算了。”他说：“鱼头我家里有，冰箱里藏了不知多少个，要多大有多大。”

我相信他，此人有粮食缺乏恐慌症，家里食物堆积如山，一共有四个雪柜储藏，另外有一间大车库放满罐头。三藩市要是再来个地震，他老人家房子被封锁的话，也至少可以生存个大半年。

煮咖喱总得有椰浆，再跑到杂物店去找，老板娘认得出是倪匡兄，每罐椰浆只卖四毛七美金，要了三罐，还打个齐头折给他。外景队拍摄，也不要紧。

“其实在渔人码头，洋人把活生生的螃蟹和龙虾丢进滚水煮，还不是照样残忍！”倪匡兄说：“他们不会吃海鲜，杀龙虾时不会放尿，这是上帝对他们的惩罚。”

病　鱼

倪匡兄家养了三缸金鱼。

每一缸的面积三英尺乘六英尺。

“够我躺进去。”他打趣。

此人百无禁忌，我们做朋友的，不必学着八婆在后面尖叫：“大吉利是。”

里面上百条五颜六色的神仙鱼，比手掌还大。倪匡兄说：“买来的时候，只有指甲般小。”可见他花的心血。

书架上堆着中英文的养鱼百科全书，专门研究神仙鱼的更有数十本。

另一个架子上更摆着几副测验水质浓度的仪器，用电子计算，先进得很 。

“没有一个准。”倪匡兄摇头：“最后还是要靠眼睛。”

至于鱼药，更是举目皆是。我给一瓶商标上写着“世界的水”的名吸引住。

倪匡兄即刻觉察：“商人真会做生意，把世界各国的水浓缩了，卖给客人稀释养鱼。这些神仙鱼来自亚马逊河，我每缸加一点亚马逊的水，鱼儿就不会患上思乡病了。”

我正在感叹的时候，倪匡兄笑着说：“这些鱼移殖到这里几十代了，它们老祖宗喝的是什么水，都已经忘记了吧。”

鱼儿忘记，主人过瘾，商品成功。

倪匡兄拿着吃西餐用的叉子，在碟子里叉了一点红虫，放入水中，各鱼争前来吃，只有一条体积较小的在旁边，动也不动。

"它有厌食症。"倪匡兄说。

我怜悯地："会不会死？"

"死不去的。"他解释："水里不知道有多少细菌。"

"怎么医鱼的厌食症？"

倪匡兄懊恼："翻遍所有的养鱼书，任何病都列出，只是没有一点资料讲怎么医这古怪毛病，真他妈的！总有一天把这些书都拿去扔掉，自己来写。"

小蚯蚓

望着那三大缸金鲶鱼，我问倪匡兄：“种是哪里买的？”

“新华埠的一家店买的。”他说：“那个店主从香港移民到三藩市时，因为爱鱼，什么都不带，只带了数十条神仙鱼。人家看到这种鱼种稀有，出十块钱一条，加起来几百块，当时也是个大数目，但他不卖，养了下来，生一群小的，每条卖两块，就那么一直卖下去，现在已经成为神仙鱼最大的批发商，送几个儿女上大学，亲戚朋友几十个人都接来这里过活。”

看倪匡兄也研究了那么精通，要靠养鱼来过活，也是绰绰有余。

“摄影队来拍一拍可以吧？”我问。

“最好不要用灯。”他说：“上次有人忽然开灯，那些鱼儿都吓得差点跳出鱼缸来。”

“吃什么的？”我问。

“什么都吃，干粮也吃，小虫也吃。”他说：“我每天替三缸鱼换换水，喂喂鱼，日子过得快。这些鱼喂多少吃多少，好像永远吃不饱。我现在一天吃一餐也够了。”

说完又去喂鱼，还是那条患厌食症的金鲶动也不动。我很怕倪匡兄也有一天节食节到生同样的毛病。

“这些红虫，怎么比香港的还要粗大？”我转个话题：

“而且颜色乌黑黑地。”

“哦。”他说：“那不是红虫，是小蚯蚓。一百克卖几十块美金，比牛排还要贵。”

倪匡这个人喜欢些什么，都不惜工本。

倪匡兄想起一个故事，调皮地说：“那天我女儿带了一个洋人朋友来家里坐，我看不顺眼，和倪太到厨房泡了一些发菜，把碟子放在小蚯蚓的旁边，等他走近，拿给他吃，他瞪大了眼望着我们，我说你不吃我吃，一口吞下，把他吓个半死。”

带出来

本来老远跑到三藩市来，应该吃一顿西洋海鲜或像月饼盒那么巨大的牛扒才对，不过我想倪匡兄久未上中华餐厅，将就他走进新华埠的海皇酒家。

黄长彪老板认识倪匡兄，又把我叫为蔡老师，不老也给他叫老了。餐厅不能吸烟，但在酒吧外有两张桌子是无禁忌的，这次将就我，坐在酒吧吃饭。

“要喝什么酒请尽管吩咐。”黄老板说：“由我来请。”

“不许，做生意不收钱怎行？”倪匡兄说：“一定要付。”

“我本来是做海鲜批发的。”黄老板说：“这家店只是开来玩玩，不要紧。”

我怕他真的不收酒钱，要了一瓶啤酒，黄老板的脚像钉在地板上，一直望着我喝。

“要不要来一杯？”我问。

黄老板摇头：“痛风，医生说不能喝酒，我已经戒了两个多月。”

“是海鲜吃得太多惹出来的毛病吧。”倪匡兄说：“这与喝酒无关，所有医学书上就找不到根据说痛风不能喝酒的。”

倪匡兄信口开河，我才不相信医学书上没有写。

“真的吗？”黄老板心动了。

“我本来喝酒的配额已经用完，”倪匡兄说：“今天高兴，照喝！”

黄老板给他引得忍不住，抓着啤酒直灌进喉。最后还来整瓶皇家敬礼威士忌，自已先干了半瓶。

走出餐厅，我问倪匡说：“会不会害死他？”

倪匡兄懒洋地：“别抬高我们自己了，他不要喝，拿枪指着他的头也不喝，我不会影响别人，我只会把他身上原有的东西带出来。”

十八英尺楼顶

无线电视的外景摄影队浩浩荡荡地杀到，铺好电线，把几个摄影机抬了进来。

“有什么地方不想被人拍的？”和倪匡兄是老朋友，但也不得不尊敬主人家。

“你们那么老远的水路来到这里，要拍什么就拍什么！”倪匡兄大方地说。

从屋子的外表拍起，这间像多士电炉的建筑物，的确罕见。一按电掣，屋顶打开，能看到白云一片片飘过，就在顶上，飞得很低。

从大厅拍到厨房和地下室。什么地方都宽大，最小的是倪匡兄的书房，只能放一副电脑和桌椅罢了。即刻请他表演用声音控制写稿，让各位在节目上大开眼界。

走入车房，见到残废人士摩托车，倪匡兄即刻跳上去，像演马戏般地骑了几圈，速度比走路还要快出三倍。

又到养鱼的那三个三英尺乘六英尺的大玻璃缸，拍摄那条患了厌食症的金鲶鱼。

最后连厕所也不放过，请倪匡兄带我们去参观。楼下的那一间贴满迷幻颜色的墙纸，挂着“做爱，不打仗”的牌子，是上手主人留下。楼上那间，小便时可以由窗口看到金门大桥，坐下来的女主人就看不到了。倪太不在三藩市，由我代她表演。

经过卧房，倪匡兄说：“对了，卧室还是别拍了。”

“为什么？”大家问。

“我从来不折好被单的，这是人生最浪费时间的行为。别人不了解，以为是懒。”整间屋子最大的特色是楼顶很高。

“足足十八英尺。”倪匡兄说：“至少有三个人高。”

依照倪匡兄的高度，当然不止三人。

吴宇森

跟着抵埗的是吴宇森，这位老友也免不了中年的发福，整个人大了一号。

“在好莱坞的确不同，是有分量的了。”我们三人打趣。

尊吴一身深蓝，是他喜欢的颜色，蓝到近于黑才过瘾。他毫不介意我们的笑谑。

“你现在美国拍戏，到底一部片可以拿多少钱嘛？”三人大逼供。

吴宇森笑而不答。

我们说：“一个做到五百万美金的电影人，真正进入口袋的有多少呢？”

尊吴屈指：“先经理人公司扣一些，律师扣一些，工会扣一些，政府扣一大半的税，你们说剩下多少，自己算。”

“工作压力大吗？”

“好莱坞有个叫现场监制的职位，他把预算和导演商量好了之后，导演一定要按照它去拍，一场戏中超出了一天，他有权力叫导演走开一边，自己来拍，或者叫别的导演来拍，在下一场戏省一天。总之以钱为主，所以你们常看到水准参差不齐的电影，就是预算超出的结果。但是这要看导演本身有没有料，能说服电影公司的话，预算超出他们还是照给，所以片子愈拍愈好，愈好就愈有地位。”

“剪接的权力呢？”我们追问。

“属于电影公司。”吴宇森说：“如果被尊重的导演拍出来的东西还是过长，公司会向他建议剪这个剪那个。要是小角色的话，剪了才告诉你。”

“怎么由小角色变成大人物呢？”我们最想知道。

“好莱坞是个很爱才的地方，一部一部地证明是卖座的，就能立足。”他解释：“没有其他方法。”

高级化

这次到三藩市，乘的是日航。去的时候订不到机位，坐经济舱，回香港可以坐坐商务位。

一二三等对我来讲都不重要，上机前的晚上我一定写稿或者喝酒高歌至天明，坐下来就呼呼大睡，缩短里程。

吃得饱饱地更容易入眠，商务舱的日本菜有十多种花样，但都像大家所讲，好看不好吃。试了一试便放下筷子。

去的时候经济位，供应了牛肉咖喱饭盒，倒是吃得光光地一粒米也不剩。

日本人最会把外国食物搞成他们独特的味道，像中华拉面，变得面目全非，根本就是日本菜。咖喱也是一样，略带甜，不辣，很香，绝对在印度吃不到。

起初吃中华拉面和印度咖喱是吃不惯了，久之上瘾，还会怀念呢。

反而是他们地道的怀石料理很难吃，来来去去变化不多，又不精益求精，十几道不同的材料做出来的东西，没有一样好吃。

近年航空公司争着在机内食中省钱，水准更大不如前了。连头等舱的食物，有时也真咽不下喉。

为什么不能来个简简单单的叉鹅饭（叉烧鹅饭——编者注）呢？点心宴也不错呀。瘦肉皮蛋粥很可口，一盅盅的炖品更是滋补。

讲省钱的话，绝对比那些捞什子的铁皮牛肉发泡胶鸡胸便宜得多。而且上述食物都很适合做完加热的制作。

航空公司的问题，出在拚命把高贵食物低级化，而不将平民菜饭高级化。

温　暖

这次在三藩市，一共做了两个清谈节目：一个是倪匡、黄霑、我和吴宇森对话。另一个只有我们三人。

三人不在一齐聊天已有七八年了，我们由生老病死谈起，可以不必怕丑地说，有点哲学味道。

最值得听的是对年轻人感情上的处理，只要观众肯留意，遇到任何烦恼也不会去自杀。

清谈做完，有个环节是烧菜的，倪匡和黄霑两人本来答应都露一手，到了拍摄，大家都赖皮，不肯煮。

最后只有由我硬着头皮顶。在倪匡兄的冰箱里找出个很大的鲑鱼鱼头，就此炮制。

“先说好。”他们两人恐吓：“你在节目中烧菜，没有人批评，这次我们不管你烧得怎么样，都要骂说不好吃！”

好吧。有这种朋友，何必需要敌人？骂就骂吧。

反正一世英名，终毁于这一日了。没有了压力，烧得更加轻松。我看到什么材料我加什么进去，简直是在开玩笑。

“晚节不保，晚节不保。”我一面烧菜一面说。

节目顺利地完成。大家本来要到外面去吃宵夜的，但已筋疲力倦，不想出门。工作人员先撤退。剩下我们三人和黄霑兄的儿子，煮个公仔面，就那么吃得起来。

没有其他煮菜，只有吃我表演的那个咖喱鱼头，边吃边聊，已露出白骨。

“喂，留一点给倪匡兄吃。”我说。

倪匡兄倒是很大方：“不要紧，我们把剩下的汁拿去煮另外一个鱼头，你们吃完它好了。”

大家乐融融，虽说已经是夏天，三藩市深夜还是寒冷，但在倪匡兄的家，很温暖。